# 時の彼方の

武藤竜也

文芸社

# 目　次

# 鬼子母神にての

都電荒川線には下町の匂いがある。東京に残された唯一の路面電車、いわゆる〝ちんちん電車〟である。サンシャイン60の超高層ビルを背景に、一両編成の車両がゆっくりと進んでゆく。沿線には民家やアパートが軒を連ね、夏の日差しを浴びた洗濯物が、気持ち良さそうに風に吹かれている風景が、車窓に現れては流れ消えてゆく。

祐樹と舞が鬼子母神《きしもじん》前停留所で下車すると、法被《はっぴ》を着た、いなせな若者や、鬼子母神へ向かう人の波が目に飛び込んできた。祭囃子《まつりばやし》が遠くに響き、夏祭りの興奮で走り出したい気持ちにかられる。

「何かいい匂いがしない?」

と祐樹が言うと、しがみつくように祐樹の右腕を抱きしめていた舞が、

「するする」

と少し甘えたいつもの声で返事をする。そんな舞を〝可愛いな〟と思いながらも、

《どうせなら左腕の方が太いからいいんだけど》

左利きの祐樹はそう思った。

二人が降りたホームのすぐ先には踏み切りがあり、その手前にどこか懐かしい雰囲気の肉屋があった。焼き物の匂いがほのかに漂う店先では、白い前掛け姿の女性が、から揚げ

や焼き鳥、うなぎの蒲焼などが並ぶショーケースの前で、てきぱきと客をさばいていた。

祐樹が物欲しげな顔でその店の前を通ると、

「はい、いらっしゃい。今、コロッケが揚がったところよ」

すかさず元気な声がかかった。

「買っちゃおうか」

と祐樹が舞に語りかけてから、コロッケを注文した。

「今日はお祭りだからね、サービスよ。いいね、楽しそうで」

威勢よく袋を祐樹に渡した。祐樹は少しはにかんだ顔をしながら、礼を言って店を出た。

「おいしいね」

という舞の言葉にうなずきながら、二人は踏み切りを渡った。その先は道が二手に分かれていた。左は商店街へ続く細い道、右が鬼子母神の参道である。樹齢数百年に及ぶ銀杏《いちょう》並木の大木が、人で埋まった参道の両脇を固めていた。参道は屋台や出店、行き交う人波で溢《あふ》れかえっている。参道の入り口には鳥居のような案内板があり、鬼子母神と書いてあった。それを見て舞が、

「鬼子母神って、うちの近くにある、〝ああたらこうたら鬼子母神〟っていうのと同じな

の？」

と言うので、苦笑しながら祐樹が、

「それって〝恐れ入谷の鬼子母神〟だろ」

と答えた。

「そう、それそれ」

「同じ鬼子母神だよ。あんまり詳しいことは分からないけどね」


二人の出会いは大学の入学式の日であった。一際輝いて見えた舞に、祐樹が一目惚れをした。それだけに祐樹は、舞の手の温《ぬく》もりを右手に感じながら、こうして舞と二人で歩いている現実が信じられず、夢を見ているような気分であった。それが現実であることを確認するかのように〝ぎゅっ〟と舞の手を握り締めると、そっと舞が手を握り返してくる。二人はどちらからともなく顔を見合わせ微笑み合った。


そんな二人に構うことなく、祭りの喧騒が容赦《ようしゃ》なく二人に降りかかる。

「はい、たこ焼きはどう、たこ焼き」

「へいらっしゃい、焼きそばあがったよ」

「お好み焼きどう、お好み焼き」

……。

威勢のいい声が辺りに響く。どれも祐樹の好きなものばかり。

「ねえ、コロッケ食べたばかりだから、買うのはお参りをしてからにしよう」

「うん……」

と子供のような口調で答える祐樹を見て、舞はおかしそうに笑った。


参道の右手には食堂や小料理屋、民家が所狭しと立ち並ぶ。二階の窓からは身を乗り出すように、行き交う人々を楽しげに見下ろしている人たちがいる。そうした人たちが皆、どういうわけか缶ビールを片手に持った、白い下着姿の老人であった。そんな光景も何かほのぼのとしていて面白い。

もう夕方というのに、吹く風はまだ熱く、真夏の日差しは衰えることなく照りつける。都内では珍しくなった蝉時雨《せみしぐれ》と、蜩《ひぐらし》の鳴き声が折り重なるように降り注いでいた。石畳を踏みしめるようにゆっくりと二人が歩いて行くと、一際人が集まっている出店があった。

「何のお店かしら」

「飴細工《あめざいく》、じゃないかな」

「ねえ、見てみよう」

「行ってみようか」

「うん」

舞は祐樹の手を引っ張り、はしゃぐように小走りで出店を目指した。祐樹も急《せ》かされて小走りになる。店先には浴衣《ゆかた》姿の艶《あで》やかな女性や、小学生くらいの女の子たちが陣取るように、職人の指先を見つめていた。その中へ入って行くことに、場違いな所へ来たような恥ずかしさを祐樹は感じた。そんな祐樹に構うことなく、舞はするすると巧みに見物客を掻き分けると、祐樹を従え最前列の位置を確保した。

《きっとバーゲンとかで鍛えたんだろうな》

小さな出店の飾り棚には、兎や鳥や馬などの飴細工がびっしりと並んでいた。白い鉢巻をしめた職人が注文の飴細工を仕上げるたびに〝おお〟という歓声があがる。

《たぶん注文するだろうな》

と思っていると、案の定、

「ねえ、何か注文してもいい」

と舞が言ってきた。

「ああ、いいよ」

「注文があったら言ってね。何でも作るよ」

「ほんと？　じゃあ、キリンと象さん」

「はいよ」

黄色い飴を二、三回こねると、あっと言う間にキリンが出来上がる。

「象は何色にする？」

「ピンク」

「了解」

ピンクの象もすぐ出来上がった。

「かわいい」

ビニールに入った飴細工を舞が受け取った。

「どっちがいい？」

「象かな」

「はい。でも、祐くんに渡すと食べちゃうから私が持ってるね」

「えっ、食べちゃだめなの」

「当然でしょ。おうちに帰ったら冷蔵庫で永久保存よ」

「はあ……」

残念そうに溜息をついたが、よく見れば食べるに忍びない出来で、舞の言うことに祐樹も納得顔であった。右手に飴細工の入った袋を提げ、ご機嫌な舞の手を引きながら、二人の恋人が人込みの中をたゆたう。

参道沿いの駐車場では、高校生たちが浴衣姿の女の子たちに声をかけていた。たとえそれが祭りの日だけの、かりそめの恋であろうとも、男は女に、女は男に逢おうとする。そんな子たちを見ると、恋人として舞が自分の傍らにいることを改めて実感していた。

参道の先にはお洒落《しゃれ》なマンションがあった。マンションといっても、周囲の環境に溶け込んだ、雰囲気のある建物である。

《こういうマンションに二人でいつか暮らせたら素敵だな》

そんなことを思いながら、祐樹はぼんやりと人波に身をまかせていた。

《このまま二人は上手くやって行けるんだろうか?》

ふいによぎる不安……。

「ねえ、あのマンションかわいくない？」

「おお、いい感じのマンションだな」

「ああいう所に住んでみたいね」

と言って舞は微笑む。

《自分と二人で？》

祐樹はそう尋ねたい衝動にかられたが、なぜか言葉には出せなかった。希望とともに、少しの不安を伴う将来のことを考えるよりも、今はこうして二人でいられる現実を大切にしたかった。

突き当たりを左に曲がると、鬼子母神の境内《けいだい》がすぐ先にあった。境内の手前には小さな公園があり、孫を連れた老人がブランコに乗って遊ぶ子供の相手をしている。その公園の向かいに、小さな案内板があった。立ち並ぶ出店の脇に、ひっそりと立っている案内板に気づく人は誰もいなかった。祐樹はそんな案内板になぜか心が引かれた。

「どうしたの？」

「うん、何が書いてあるのか気になってさ」

「ふうん」

舞は興味のなさそうな声で答えると、祐樹の顔をじっと見つめた。祐樹はその視線を意識しながら、黙って説明書きを読んでいた。

「ねえ、何て書いてあったの？」

「昔、ここに貧しい母親と娘が住んでたんだけど、お母さんが病気になってしまって、お医者さんに診てもらうお金も、生活して行くお金もなくなっちゃったんだって。そんな時、〝鬼子母神にあるススキで、みみずくという鳥の人形を作って売りなさい〟という神様のお告げを娘が夢で聞いたんだって。娘がそのとおりにすると、たくさん売れて、親子は幸せに暮らせたんだけど、娘は死んだ後も神様に感謝して、蝶《ちょう》に生まれ変わって今でも鬼子母神に来る人たちの守り神になっている、って書いてあったよ」

「いいお話ね。その蝶に今日逢えないかなあ」

「東京で蝶を見るのも少なくなったからな。でも、この辺ならまだ緑が残ってるから、いるかもしれないけど、どうかな？」

「夢を壊すような現実的なことは言わないの。きっと私の好きな白い綺麗《きれい》な蝶に逢えると思うな」

「そうだな、何か逢えるような気がしてきたよ」

「そうでしょ」


境内の左手には樹齢六百年を超えるという、銀杏の大木が鎮座している。幹には太い注連縄《しめなわ》が巻かれていた。真夏の熱い風に銀杏の葉が揺れ、木漏れ日《こもれび》が二人に降りかかり、蝉の鳴き声が境内に響き渡る。

「ねえ、見て。あんな所で猫が寝てるよ」

祐樹が舞の指差す方を見ると、境内の真中に昔ながらの駄菓子屋《だがしや》があった。その店の軒先に並べられた駄菓子の上で猫が寝ていた。

「あの猫、気持ち良さそうに寝ていて幸せそうだな」

「幸せなのは、私たちも同じだよね」

「お、おう」

と、どぎまぎしながら祐樹は答えた。手にかいた汗は、きっと暑さのためだけではない。

境内には鬼子母神と書かれた額が掲げられた、大きな社《やしろ》が軒を構えていた。その周りを囲むように、出店がぎっしりと立ち並び、祭り人が引きも切らず行き交っていた。

「やっと着いたね。それ程の距離でもないのに。人がいっぱいいたから疲れちゃったね」

「そうだな。でも、お参りしたらお好み焼きが待ってるから」

「そうね、早く行こう」

手をつないで木の階《きざはし》を上り、それぞれにお賽銭《さいせん》を投げ入れ、二人で一緒に鈴を鳴らす。

《舞はどんな願いごとをするんだろう?》

そんなことを思いながら、祐樹は目を閉じて手を合わせた。

《舞とこれからも一緒にいられますように》

願いごとをすませた祐樹が目を開けゆっくりと振り向くと、そこに舞の姿はなく、誰一人いない、がらんとした境内だけが目の前に広がっていた。

木枯らしの吹きすさぶ境内を、季節外れの白い蝶が、目の前をかすめるように舞い上がって行った……。

# 梅の咲く時

「お父さん行っちゃやだよ」

「あなた早く帰って来てね」

工藤武は校長室でいつもどおりの業務をこなしていた。武の脳裏に、なぜだろう、その日に限り、娘が幼かった頃の朝の光景が浮かんでは消え、こだまのように二人の声が耳に響いていた。妻が手を振り、娘はあいかわらず〝行かないで〟とでも言うように〝こっち こっち〟をしている。

武はそっと黒い皮製の財布の中から、いつも持ち歩いている写真を取り出した。セピア色の写真には、三歳の佳織を真ん中に、妻の恵子と武の三人が写っていた。佳織が七五三の時に写したもので、家族三人が一緒に写っている最初の写真であった。家族が揃って写っている写真は意外に少ない。あれからいくつもの季節が流れている。佳織も嫁に行ってしまい、もう家にはいない。遠い昔にあった、ありふれた朝の光景が懐かしく思い出された。

《どうしたのかな、今日は。少し疲れてるのかもしれんな。ちょっと休もうか》

武が腰をあげると、窓越しに、校庭の端にある梅の老木が目にとまった。小雪がちらつく一月の寒空の下で、一本の老木がひっそりと花を咲かせ寒さに耐えるように立っている。その老木を見ていると、何か寂しく気弱な気持ちになってゆく。まるで自分があの老木であるかのように……。

「僕は梅が好きだな」

「何だ幸一、どうしたんだ急に」

「先生、言ってたじゃないですか。――あの梅はな、歳を取ってもけなげに咲いて、春を告げに来てくれる。それもまだ雪の降る寒いうちにだ。あの梅を見るとな、こう生命力を感じるんだ、先生は。入学式の頃に校庭の周りに咲き誇る桜もいいがな、まっ先に春を告げに来てくれる梅の方が先生は好きだな――。そう先生が言ってたんですよ」

「そうか、そうだったな。そういう気持ちであの梅の老木を毎年見てたんだよな」

「そうです、先生。元気出して下さい」

「生意気言って」

「じゃあね、先生」

《どうしたんだ？　誰もいないじゃないか。おかしな日だな、今日は》

武が苦笑して外を見ると、小雪が降りしきる校庭に陽光が射し込んできた。いや、陽光だけでなく、桜が一斉に咲き始めるのが目に飛び込んできた。まるで、桜が梅にやきもちを焼くかのように……。

《先生、私たち桜もみんなの心の中に残ってるでしょう》

「先生、私ね、あの話が好きだな」

「何だ今度は由美子か。いつ来たんだ」

「今、来たのよ。先生が元気なさそうなんで心配になってね」

「そう見えるか。それはそうと、どの話が好きなんだ？」

「聞きたいですか」

「そりゃ聞きたいよ」

「どうしようかな？」

「こうら。早く話しなさい」

「はあい。授業で先生がね、〝散ればこそいとど桜はめでたけれうき世になにか久しかるべき〟という歌を扱った時にしたお話なの。――桜が咲くことと同じくらい、いやそれ以上に桜が散ることに目がいきがちだが、先生はやっぱり、桜は満開の桜こそが本来だと思うな。散ることを惜しむのではなく、今咲いている、この今ある美しさを大切にしたいな。散ることを思い悩むより、人生の花が満開に咲いた、と思った方が人間楽しいと思うんだ。どうだろう、みんな？――って。何かね、散るということに思い悩むより、今桜が咲いているこの瞬間を大切にすべきじゃないか、先にある見えない不安に思い悩むよりも、今を精一杯感じて生きることが大切なんじゃないかって。そうは言わなかったけど、先生はそんなことを言いたかったような気がしたの」

「ああ、そういう話をしたよな。当たってるよ、由美子」

「そうですか。何かさっきよりも元気になったみたいで安心しました」

ふと我に返るとぼんやりと窓際に立ち尽くしている自分に気がついた。

《こうして空想に耽《ふけ》ってばかりいてもしょうがないな。桜がまだ咲くはずもないし、小雪もまだ舞っているしな。少しだけ休もうか》

武はソファーに深々と、沈み込むように座ると静かに目を閉じた。こうしていると、前にもこんな場面を見たことがあったような気がしてくる。

《何に似てるのかな？　そうだ、確か学生の時に読んだ小説だ。ヒルトンの『チップス先生さようなら』にあった場面だ。病の床にいるチップス先生の耳もとに、何千人もの生徒たちの大合唱が聞こえてくるところだ。そこでチップス先生が教え子たちの顔を思い浮かべ、一人一人の名前をあげて言ってたな。そう〝わが子供たちよ〟と言ってたな》

武の脳裏にも教え子たちの顔が次から次へと浮かんできた。一体、何人の子供たちと出会ってきたのだろう。

《私の教え子たちよ》

そんな想いに浸りながら、深い眠りに落ちそうになった時、突然、ガチャン、という大きな音を立てて窓ガラスが割れた。驚いて武が目を覚ますと、目の前に野球のボールが転がっていた。

《おかしいな、雪が降ってるのに誰が野球などしてるんだ。いずれにせよ気をつけるよう注意しないとな》

武は生徒を怒る時、決まって握り拳を作り、それも力いっぱい握ったまま、腕を震わせながら真っ直ぐ上に振り上げるのが癖だった。生徒は拳骨が飛んでくると思い、一瞬首をすくめて、ビクッとするが、武が生徒に手をあげることはなかった。だが、生徒がホッとする間もなく、凄まじい雷声が降りかかるのだ。同窓会では必ず話題になる武流の叱り方だった。

《久し振りにあれをやるか》

武がゆっくりとソファーから腰を上げると、窓の外がやけに騒々しいのに気づいた。

《何だろう？》

そう思い窓際に立つと、校庭には数え切れない程の教え子たちが集まっていた。驚いた武が窓をガラッと開けた。その瞬間、凄まじい風が吹き込み、武はハッと目を閉じた。

目を開けると、そこには心配そうに武を見つめている恵子と佳織の顔があった。

「お父さんが気がついたわ。佳織よ、分かる？」

「佳織か」

「そうよ」

大粒の涙が佳織の頬を伝わった。

佳織と恵子が叫ぶ声に、医師がすぐ反応した。聴診器を取り出し慎重に武を診た後、計器類の数値を確認した上で、

「よく頑張りましたね」

と静かな声で武に語りかけた。医師は恵子に向かい、

「もう大丈夫ですよ、良かったですね」

と言うと、看護師とともに病室を出て行った。

「お父さん、どうしたのかな。何があったのか、よく分からないんだが」

と恵子に尋ねた。泣いて答えられそうにない母に代わり佳織が、

「お父さんはね、校長室で倒れたのよ、心臓発作で。手術が終わってもずっと眠り続けていたのよ。みんな心配したんだよ、お父さん……」

そう言うと涙を流し崩折れてしまった。

「そうか」

「うん」

「あなた……」

恵子がそっと手を握った。

「そうだ。お父さんの教え子さんたちが、大勢お見舞いに来てくれたんだよ。今日も面会時間ギリギリまで皆いてくれたのよ」

そう言うと佳織は窓辺に立った。外では小雪が冷たい風に吹かれ舞っている。

「あれは……。昼間見えた梅の木の下に見える人たち、あの人たち、お父さん、生徒さんたちまだ帰ってないよ。あそこにみんないるわ」

と、叫ぶように佳織が言った。

「みんな、まだ、いて、くれてる、のか」

「うん」

「佳織、窓、開けてくれ」

「お父さん、それは」

それもそのはずで、病室の窓のすぐ近くにベッドがあった。しかも、手術後間もない身である。

「大丈夫だ、いいから、開けてくれ」

そう言われ佳織が窓を開けた。その動きで下にいる教え子たちも気がついた。佳織が振り返ると、武は拳を握り締め、手を天井に向け突き上げようとしていた。慌てて佳織が止めようとしたが、それを恵子が制止した。二人が息を飲んで見つめる中、武の拳は腕を震わせながらも真っ直ぐに伸びた。

その瞬間、外で〝ワッ〟と歓声が湧き上がった。

老いた梅の木の下で震えていた教え子たちの耳には、はっきりと武の心の声が届いていた。

「先生はもう大丈夫だから、寒いだろう。風邪ひくから、もう帰っても大丈夫だよ。ありがとう」と……。

# 都会の夜景

展望台からの夜景を絵梨と二人で見られる幸福と、独りではない喜びを、眼下に広がる光の波の中で、圭輔は実感していた。圭輔は絵梨と出逢う前、独りこの場へ来て、寂しい思いをした日のこと、絵梨と出逢う前の日々を思い出していた。
独りで見ていた都会の夜景を……。

淡い夢を抱いて街へ来たものの、素敵な出逢いがそうそうあるものではないことなど、圭輔にもよく分かっていた。仲間と女性に声をかけるならまだしも、独りで、しかも女性に声をかける度胸もない圭輔に、ときめく出逢いが起こりそうもないことは、夕暮れ時にアパートを出た時から分かっていた。それでも、なぜか土曜の夜になると、独り身の侘しさを紛らわすため街へ出て行くのだった。
《自分はいつまでこうして独りでいるのだろう。いつまで独りでいなければならないのだろう。いつまで?》
圭輔がコンピュータのプログラマーとして就職してから六度目の春を迎えていた。会社はフレックスタイム制のため、出勤時間を自由に組むことが出来る。プログラミングの仕事は在宅でも可能なため、上司の了解さえあれば、一週間でも十日でも出社しないですんだ。もともと、人付き合いが下手で、物事をマイペースでこなすタイプの圭輔には理想の職場と言えた。

圭輔も初めはこの職場の環境に満足していた。だが、半年を過ぎた頃から、その心境に少しずつ変化が起こってきた。この会社では他の社員も毎日出勤するわけではないから、同僚と顔を合わせる機会が極端に少ないのだ。いくら人と付き合うのが不得手な圭輔であっても、課長以外は、ほとんど名前と顔が一致しない職場に違和感を覚え始めていた。これまでに会社の同僚と一緒に酒を飲みに行ったことさえない。こうした環境であったから、社内の女性と知り合うことなど、ほとんど望めなかった。

毎日パソコンと向き合うだけの単調な日々の中で、いつからか土曜の夕暮れ時になると、池袋へ足を運ぶようになった。この日も街には楽しそうな恋人たちが溢れていた。彼らを見ていると、自分が無性に惨《みじ》めに思えてくる。大学時代の友人から連絡が来て、主任に昇格した、という話を聞いても、さして悔しくもなければ、ましてや敗北感を感じることもない。ただ友人から、結婚しました、という葉書が来ると、言いようのない疎外感というか、取り残されてゆくような思いにかられるのが常だった。

西口の改札を出ると、待ち人を待つ男女の群れが圭輔を出迎える。ごった返す人波に身をまかせるように、あてどなく疲れるまで歩き続ける。西一番街を歩いても、圭輔に声をかけるのは、クラブの客引きなど、圭輔とは縁のない男女ばかりである。腕をつかむようにしつこく誘う、髪を金色に染めた若い女性や、クラブへ誘う男たちも煩《わずら》わしい。

そうした連中を避けるかのように、東口と西口を結ぶ地下道に佇《たたず》む。そこにはギター片手に声を張り上げ歌う若者の姿があった。高い声質の歌とギターの音が地下道に響き渡る。決して上手い歌ではない。それでも、今の圭輔にはよれよれのジーンズをはいた、その若者が光って見えた。今の自分とつい比較してしまい辛くなる……。

歌声を背に地下道を東口へと向かい、あてどなくぶらぶらと街をさまよう。気がつくと東口では一番繁華なサンシャイン通りを歩いていた。ここでも圭輔に声をかけるのは、煩わしい客引きばかり。あまりのしつこさについ大声を出したい衝動にかられる。立ち並ぶ映画館の前には、開場を待つ恋人たちが列をなしている。向かいのゲームセンターも、楽しげな恋人たちの姿で溢れている。圭輔は自分がひどく場違いな所に来ているように感じていた。人との出逢いを求めて街へ来たのに、今は早く一人になりたい気分だった。
《なぜ自分はいつまでも独りなんだろう、なぜ？》
答えの出ない、いつもの疑問が渦巻き始める。辺りは既に闇に包まれていた。まだ秋口というのに、吹く風がやけに冷たく感じられる。
《とにかくどこか建物の中へ入ろう》

長いエスカレーターに乗り、地下道へと降りて行く。そこがサンシャイン60への連絡口になっており、特に考えることもなく、展望台へと向かうエレベーターに乗り込んだ。別に夜景を見たいと思ったわけではない。ただ、何となく……。

数組の家族連れを除けば、ロビーは予想どおり恋人たちで埋め尽くされていた。ここへ来れば、また寂しい思いをするだけである。

《なぜ？》

そんな思いが再び圭輔の脳裏をよぎる。一分とせずに嫌気がさし帰ろうとすると、後ろから、

「おい、圭輔、圭輔じゃないか」

という叫び声に似た大声で呼び止められた。圭輔が驚いて振り向くと、ゼミで一緒だった中村の姿があった。大学時代に比べると少し太ったようだが、人なつこい笑顔はそのまだった。彼の隣には同じ年恰好の綺麗な女性が立っていた。

「去年、結婚してな。沙喜子って言うんだ。俺の大学時代の仲間で、加藤圭輔」

「よろしく、加藤です」

「こちらこそ」

と言うと、にっこりと笑って会釈《えしゃく》をした。

「おい、加藤、お前仕事は何やってんだよ」

「うん、コンピュータのプログラミングの仕事だよ」

「ああ、そういや、お前、大学の頃から好きだったもんな、そういうの」

と中村が早口で答えた。圭輔と中村は、なぜかうまが合って何でも話せる間柄だった。それだけに遠慮もない。

「中村は仕事、何やってんの」

「俺は流通関係の仕事だよ。不景気でさっぱりだけどな」

「そっか、大変だな」

「ところで、圭輔。お前こんな所で何やってんの」

と、最も聞かれたくない言葉が、中村の口から出てきた。圭輔は、独りでちょっとぶらぶら、と言おうと思ったが、とっさに、

「ああ、彼女と待ち合わせしてるんだ。少し遅れるってメールがさっき入ってな」

と答えた。携帯電話すら持っていない圭輔に、メールが届くわけもない。もし中村に、彼女に合わせろよ、と言われればそれまでの苦しい嘘《うそ》だった。

「そうか、楽しそうでいいなあ」

「私たちだって楽しいでしょ」

と、沙喜子がふざけたように合いの手を入れた。

「もちろん、楽しいよ。ところで、彼女って、佳世のことか」

それは大学時代に付き合っていた圭輔の彼女の名前だった。彼女とは大学を出る直前に別れたのだが、そのことを中村には話していなかったらしい。

「違うよ、あいつとはもうとっくの昔に別れたよ」

「へえ、そうだったのか。美人でいい子だったよな、彼女」

中村圭輔の別れた彼女の話を出したのが、気にかかった様子だった。

「じゃあ、また今度会えたら飲みにでも行こうぜ」

「ああ、そうしよう」

と圭輔が言うと、中村が右手を差し出してきた。握手など恥ずかしかったが、素直に手を差し出した。

「じゃあ」

二人は手をつないでエレベーターの中へ入って行った。

《もしかしたら中村は分かっていたのかもしれないな……》
昔からそう言うやつだった。ぐるっと周りを見渡すと、見晴らしの良い窓際は恋人たちでぎっしりと埋まっていた。それでも、一カ所だけ誰もいない窓があった。そこへ吸い寄せられるように、圭輔は歩を進めた。大きな窓からは新宿副都心の方角が一望できた。新宿の高層ビル群が、まるで光を放つ木々のように立ち並んでいた。闇の中を無数の光が走り、都会の夜景を彩っていた。ライトアップされたビル、走る電車の光、いくつにも延びる光の帯のような道。
さっき中村が口にした、佳世のことがしきりに思い出された。別れてからもう六年も経っているだけに、最近では思い出すことも稀《まれ》だった。

《あれからもう六年か。あいつとは大学時代に結婚の約束までしていたのに。二人で積み立てまでしていたのに。佳世を失ったらその後、新しい彼女を作るエネルギーはもうない、そのくらい想っていたのに。なぜ振られたのだろう。あの時彼女が言った〝好き〟という言葉は何だったのだろう。あの時の〝いつまでも一緒にいようね〟と言った、あの言葉は何だったのだろう。自分はそのつもりでいたのに。なぜ？》

事実、佳世と別れてからは、恋愛に対し臆病になってしまった自分がいた。というよりも、好きになる人が現れなくなった。もしかしたら、素晴らしい出逢いをどこかでしていたのかもしれない。心が枯れてしまったわけではないが、ときめく想いもなくなってしまっている。だが、独りでいることに、もう限界を感じ始めてもいた。もう結婚し安らげる家庭を持ちたい。そういう思いが日増しに強くなってゆく。

学生の頃は何も感じなかった、幼い子供を連れた夫婦の姿が、今はやけに眩《まぶ》しく感じられる。孤独を伴う自由はもういらない、そう思うようになっていた。

沈んだ気持ちで夜景を見ていると、光に照らし出された夜の都会の明るさよりも、夜の闇の暗さが、不気味な不安とともに胸に迫ってくる。胸がしめつけられるような、あの嫌な感覚が襲ってくる。
《そう言えば佳世と昔、こうして夜景を見たことがあったな。あの時は東京の夜景の美しかったことしか記憶にないな。自分のアパートがどの辺だろうか、と二人で一生懸命に探してたな。同じ景色でも、見る側の気持ち次第でこんなにも変わるものとは……》
圭輔の目が遠くを見るような目つきに見えるのは、夜景を見ているからではなく、過ぎ去った過去をそこに映し出していたからだろう。
《もういい、やっぱり帰ろう。来るんじゃなかった、こんな所に……》

圭輔は絵梨の肩に手を回しながら、心境の変化で、同じ風景でも全く違って見えることを不思議に思っていた。
《今はもうこの夜景を見ても寂しくはないな。独りではないのだから》
そう思い、絵梨の顔を見つめていると、絵梨が圭輔にぽつりと呟《つぶや》くように言った。
「こうして都会の夜景を見ていると、何か寂しい気持ちになってしまうね……」

それぞれの

耕平が京都駅へ着いた時には、十一時を過ぎていた。今夜泊まる宿すら決まっていない。高二の夏。初めての一人旅にしてはあまりに無計画な旅ではあった。ただ、旅の目的だけは明確で、坂本竜馬に逢いに行くこと、だった。無論、竜馬の墓参りに行くことである。耕平が竜馬を知ったきっかけは、夏休みの読書感想文で、学校からの推薦図書一覧にあった、司馬遼太郎の『竜馬がゆく』を読んだことによる。恐らくそれは多くの竜馬ファンが辿《たど》るコースであろう。

《とりあえず竜馬の墓へ行ってみようか》

竜馬の墓がある東山霊山への道順は頭の中に入っている。耕平は鴨川へ出て、七条大橋を渡り、東大路通りから、八坂塔が見えてきた辺りで右手に折れ、「維新の道」と刻まれた大きな石碑を発見した。

《本で見たとおりだ。この先に竜馬がいるんだ》

はやる心を抑えるように坂を上がる。歩きながらさまざまな思いが浮かんでは消えてゆく。

《竜馬もこの坂を登ったことがあるはず……》

そんなことを考えながら、竜馬の墓の入り口まで来たが、予想どおり門は閉まっており中には入れない。仕方がないので取り敢えず門前で手を合わせた。

《また、明日来ます》

竜馬の墓といっても、やはりお墓。少し怖くなってきたので帰ろうとした。それでも名残惜しさに、背丈程の門をよじ登るようにして中を見ようとした瞬間、黄色灯が点滅したかと思うと、突然警報のサイレンが鳴り始めた。耕平は予想外のことに驚き、急勾配《きゅうこうばい》の坂道をよく転ばないな、と思う程の勢いで駆け下りた。

《びっくりした》

と思いながら大通りを渡る頃には、ようやく呼吸も落ち着いてきていた。そのまま三十三間堂に続く小道を歩いていると、ホテルの看板が目に入った。もう十二時近い。入り口には休憩三千五百円、泊まり五千円とある。

《思ったより安いな》

そう思って中へ入ると、五十路余りの女性が不審そうに、

「お一人どすか」

と尋ねてきた。

「そうなんですけど……」

「泊まりはるの？」

どことなく歓迎されていない風情《ふぜい》。その時、エレベーターの中から一組のカップルが出て来るのが目に入った。

《そうか、ここは……》

と思うと、その場を逃れるように一目散に外へ向かって走り出した。

「ちょいと、お客さん」

という声が背後でしたが構わず走った。五十メートル程思い切り走って振り返る。

《もう大丈夫》

と思うが、悪いことをしたわけでもないのだから、そう思うこと自体おかしなことであった。初めて覗《のぞ》いた大人の世界……。

《ホテルはもういいや。駅で寝よう、駅で》

鴨川を渡り、高瀬川のせせらぎを聞きながら、耕平はぶらぶらと歩いていた。川沿いの柳が風に吹かれ、かすかな音をたてている。そうした、いかにも京都という情緒を壊すかのように、突然背後から肩を叩かれた。今度は四十年配の女性が声をかけてきた。

「ちょいとお兄さん、遊んでいきまへんか」

耕平は振り向くが早いか、逃げるように走り出した。

《どうして今日は走ってばかりなんだ》

「ちょいとお兄さん、待っておくれやす」

という声が背後で虚しく響いていた。

京都駅へ着くと、ホームレス風の男が酔った男たちと口論をしていた。終電が出た後の人気のない駅の構内に、口汚く罵《ののし》る叫び声が響く。
《ホームレスの人が酔った男たちにからかわれ逆上したみたいだな。といっても暴力沙汰にはなりそうにないから俺の出番はないな》
耕平は格闘技をしているので、こういう場面に出くわすと、俺の出番か、とついつい思ってしまう口だった。男たちの罵声を背に、耕平は駅の裏手へ向かった。そこなら静かに眠れる場所がありそうな気がしたからである。
耕平は手頃なベンチを見つけて横になると、一人旅からくる緊張と疲れからか、初めての経験である〝野宿〟にもかかわらず、あっという間に深い眠りに落ちた。

どのくらい眠ったのだろう。

「おう兄やん」

と誰かが呼ぶ、だが、微かに聞き覚えのある声で目を覚ました。

「兄やん、この辺は寒うなるさかいもっと奥の方へ来いや」

寝ぼけた目をこらしてその男を見ると、どうも先ほど口論をしていたホームレス風の男のようだった。普段ならそんな誘いに乗るはずのない耕平も、旅の恥は何とやらで、誘われるままに、その男の後をついて行った。

「兄やん、酒呑まへんか、酒」

「でも、こんな時間じゃ自動販売機も終わってるんじゃないですか」

と言うと、さも自信ありげに、

「あるねん」

と得意げな様子で答えた。男は来馴れた感じで裏道へ入って行くと、角の自動販売機だけが、なぜか十一時を回っているにもかかわらず酒の販売をしていた。男は、どうだ、と言わんばかりの得意顔で酒を四本買った。どう見てもホームレス風だが、そこそこのお金は持っているようだった。

「兄やん、酒、呑めるやろ」

と唐突に言われたので、躊躇《ちゅうちょ》する間もなく、

「ええ、呑めますよ」

と答えてしまった。だが、本当は酒を呑んだことがない。

〝呆《あき》れた高校生、ホームレスの男と酒盛り。急性アルコール中毒で未明に運ばれる〟

そんな三面記事のタイトルが頭をよぎる。少しの後悔を抱きながら男の後をついて行くと、駅構内の一番端にダンボールが敷き詰められた一角があり、そこへ男が腰を下ろした。

二人の他に四、五人の男たちがダンボールを布団代わりにして寝ている。意外にも皆寝相が良く、いびきをかいている者さえいない。

「兄やん、そこに座りいや」

耕平は言われるまま、ダンボールに腰を下ろした。

「まあ、まずは乾杯や」

「はい」

「乾杯」

と二人の声が響く。初めての酒。初めての一人旅。それなのに、なぜかホームレス風の男と……。

「兄やんはどこから来たん？」

「東京からです」

「東京？　東京ってあの東京か？」

「うん。その東京です」

と、とぼけた返事をしてしまった。酒が早くも効いてきたらしい。

「そりゃ大変やったな」

「でも新幹線で来たから割りと楽でしたよ。帰りは予算の都合で鈍行ですけど」

「さよか。でも兄やん何しに来たんや、京都に」

「竜馬に逢いに来たんです」

「そうか竜馬か」

と男が答えたので、竜馬を知ってるんだ、と嬉しくなったが、

「で、その友達には逢えたんか」

と言ったのを聞いてがっかりしてしまった。

《しょうがないか……》

と思ったが、そんな落胆した素振りは見せなかった。

「今日は逢えなかったんで明日逢いに行きますよ」

「そうか、じゃあ明日逢えるとええな」

と、ご機嫌な様子で酒を呑みながら耕平に言った。ちぐはぐな会話だが、悪い人ではないらしい。

まるで話し相手を待ち望んでいたかのように、男はとめどなく語り続けた。先ほどの口論のこと、本当は四条通り沿いに家があること、鳶《とび》職をしていること……。耕平も信用半ばといった感じではあるが、面白そうに聞いていた。中でも鳶の話になると、いかにも自慢気で楽しそうに話した。

「こう見えても昔は羽振りがよかったんや。東京タワーあるやろ。あれ造ったのも俺やからな」

「は?」

「東京タワー造る言うたらな、鳶にとっては夢のような仕事やったんや。よかったでえ、あん時は。信じられんやろ」

「うん」

と素直に答えてしまった。だが、嘘を言っているようにも思えない。それが本当かどうかは、どちらでもよいようにも思えた。男の話は面白かったが、突然、酒の酔いと疲れが相まって猛烈な睡魔が襲って来た。その様子を見て男が、

「もう寝よか。横にダンボールがあるやろ。それ掛けて寝え」

と言ってくれた。

「はい。お休みなさい」

耕平は自分でも驚くほど、何の違和感もなく横になった。コンクリートの床の上にダンボールを敷いただけなので、さすがに少し体が痛い。だが、意外なほどダンボールの中は暖かかった。耕平が今日一日を振り返っていると、

「兄やん、辛くねえか」

という男の声が聞こえた。暗闇の中で聞こえたその声には、びっくりする程の優しさがあった。

「うん、大丈夫」

「さよか」

と言うと安心したのか、男はすぐに凄まじいイビキをかき始めた。文字どおり〝地響き〟という感じであった。だが、不思議と不快な感じはしなかった。

どのくらい寝たのだろう。

「兄やん、起きろ」

という男の声で目が覚めた。耕平が辺りを見渡すと、懐中電灯の灯りが目に飛び込んできた。片目を開け、目をこらすと、そこには二人の警官が立っていた。

「毎度、すんまへん」

と男が言うと、

「兄やんも挨拶《あいさつ》せえ」

と言うので、

「いつもお世話になってます」

とわけの分からないまま耕平も挨拶をした。警官は意にも介さないといった風情で、

「本当はここで寝ちゃあかんのやでえ」

とだけ言うと、そのまま去ってしまった。

「頭、下げるとこには下げとかんとな。要領や要領、兄やん」

男はニヤリと笑って再び横になった。耕平は、そんなものかなあ、と思いながら、ダンボールの布団をかぶった。空はまだ暗かったが、遠くで小鳥の囀《さえず》りが聞こえ始めていた。


眼が覚めると男がダンボールを壁際に並べているところだった。

《意外に早いんだな》

時計を見ると六時三十分であった。耕平は眼をこすりながら、ぼんやりとダンボールの上に座っていた。

「兄やん起きたか、どうや眠れたか？」

「眠れました」

耕平もダンボールを片づけた。

「さあ兄やん、顔でも洗いに行こか」

と言って、ズボンにぶら下げていた手拭《てぬぐい》を取り出した。

「どこで洗うんですか」

「そらトイレに決まっとるやろ」

《トイレか、そりゃそうだな》

トイレで顔を洗い鏡の前に立った耕平は、鏡に向かってキックをした。格闘技をやっているだけに鏡があると、キックのフォームを映したり、柱があれば蹴ったり殴ったりするのが癖になっている。

「何だ兄やん、空手やってるんか」

「空手じゃないすけど、小学校の時からちょっと」

と言うや、もう一度足を高く振り上げて見せた。

「俺は空手やってたんや」

と言って大きな拳ダコのある拳を突き出してきた。

「兄やん、そろそろ行くんか?」

「ええ、行きます。お世話になりました」

「せや、別れに一杯やるか」

「えっ」

耕平が断る間もなく、男はキオスクへ行き酒を買って来た。二人が別れの酒を酌《く》み交わしていると、二人のホームレスがやって来た。ご丁寧《ていねい》にも男が耕平を紹介し始めた。

「この兄やんはな、東京から来たんや」

耕平は少し困った様子で挨拶をした。耕平の前にいた男は人が好さそうな微笑をたたえ、好意を持った様子で耕平を迎えた。もう一人の男にも、

「どうも」

と言って挨拶をした。五十年配の白髪の目立つ男だった。その男は一言も口を聞かず、じっと耕平の目を見つめた。その目を見た耕平は直観的に、

《あ、この人は自分のことを歓迎してないな。この世界はお前のようなヤツが興味半分で顔を出すような所ではない。早く帰れ》

と言っているのだと悟った。

その眼差しにホームレスのプライドを見たような気がし、いささかショックを受けた。何かとても場違いな、いや、自分が歓迎されていない世界に紛《まぎ》れ込んでいた気がした。

「じゃあ、僕行きますから。どうもありがとうございました」

例の男が手を差し出してきた。節くれ立った太くゴツゴツとした手だった。

「じゃあな兄やん。俺たちの分も頼むぞ」

耕平はなぜかその場を一刻も早く離れたく、竜馬の墓を目指し、朝焼けの洛中を走り始

めた。耕平の脳裏には、あの男の冷めた視線と、「俺たちの分も頼むぞ」という言葉がいつまでも心に響いていた。

電車の揺れに身をまかせるように、心地良い疲れの中でうとうとしながら、耕平は初めての一人旅を振り返っていた。

駅での〝野宿〟、ホームレスたちとの出会い、竜馬の墓、四条河原町の竜馬終焉《しゅうえん》の地、伏見にある竜馬の定宿寺田屋。自分の心に焼きつけた、自分だけの想い出なのに、その想い出に再び触れることさえもが、もったいなく思えるような素敵な時間であった。

東山霊山の中腹あたりに竜馬と中岡慎太郎の墓はあった。

「高知藩　坂本竜馬」

と彫られた墓碑の下には、いくつもの花が供えられていた。振り向くと、木洩れ日の先に八坂の塔が聳《そび》え、京都市街とそれを取り囲む山々が一望できた。

《百数十年前に確かに竜馬はこの地にいたんだ。いや、目の前に竜馬がいるんだ》

見えない姿が見えてくるような、不思議な気持ちであった。ほどなく下から数人の話し声が聞こえて来たので、それを潮に耕平は竜馬の墓を後にした。

《そうだ、奈良の薬師寺も印象に残ってるな》

耕平は伏見の寺田屋へ行った後、奈良の薬師寺へ行くことにした。なぜ薬師寺なのか自分でもよく分からないが、寺田屋を出た瞬間、薬師寺へ行こうと思った。

耕平が薬師寺に着いた頃には、もう黄昏時《たそがれどき》が迫っていた。暮れなずむ夕日の中に浮かぶ五重塔の影が、いかにもという風情を醸《かも》し出していた。竜馬の墓へ行った時とは明らかに違うが、それでも心なしか、わくわくするような気分で境内を歩いた。耕平はお寺や仏像に特に興味があるわけではなかったので、これを見たい、というような目的もなかった。

境内の中央には朱塗りの金堂がある。耕平は正面に立つ薬師三尊像の姿に圧倒された。自分でも驚くほど、なぜかこの像に魅せられた。耕平が心を引かれたのは、中央に鎮座している薬師如来でも、その脇を固める日光菩薩でもなく、月光《がっこう》菩薩であった。月光菩薩の前に立つと、不思議と心が落ち着き、何か暖かく優しいものに包まれてゆくような感じがした。まるで飛鳥の女性に包み込まれているような心安まる感覚だった。

《こういうのを恋仏っていうのかな》

と思っていると、

「あのう、失礼ですが菩薩様は男性でしょうか、女性でしょうか」

と、四十半ばと思える女性が話しかけてきた。お堂にはその女性と耕平の二人だけであった。背後からは真っ直ぐに夕日が差し込んでいた。その女性は先ほどから、すがるような眼差しで日光菩薩の前に立っていた。

「男性のような気がしますが、よく分かりません」

と答えた。するとその女性は、耕平と話をしていながら、だが、耕平は全く目に入っていないかのような遠くを見る目つきで、

「月光様は男性的ですけど、日光様は女性的ですね」

と静かに言った。

《月光の方が男性的？》

耕平は慌てて二つの像を見比べたが、耕平の目にはやはり月光が女性的に見えた。

《そう言えばこの菩薩はどちらかが女性的に見えるって聞いたことがあったような》

と思いながら、もう一度よく見たが結果は同じだった。

やはり月光の方が女性的だった、と電車に揺られながら思いつつ、薬師寺でつい買って

しまった月光菩薩のポスターをこっそりと見た。
《こんなポスターを買ってしまってどうしよう?》
耕平が買ってきた唯一のお土産がこのポスターというのも、思えばおかしなことであった。

《また来よう》

と思っているうちに、いつの間にか深い眠りについていた。

「ただ今左手に富士山が見えております。よろしかったら御覧下さい」

という車掌の車内放送で目を覚ますと、窓いっぱいに広がった富士山が目に飛び込んできた。その威容に圧倒され、しばらくぼんやりしていると、向かいに座っていた初老の女性がにっこりと微笑みかけてきた。

《あ、これはお話をしましょう、ということだな》

と思い耕平も笑顔で会釈をした。

「どこから来たんだい」

「東京からきたんですけど。今は京都に行ってきた帰りなんです」

「そう、京都へ行ってきたの。そりゃあ良かったわね。よく旅はするの、お兄ちゃんは」

「いや、今回が初めてなんです」

耕平にはその女性が言った〝旅〟という表現が新鮮に聞こえた。

「そう、初めての一人旅なんだ。旅はお好き？」

「ええ、今回で好きになりそうです」

「それは良かったわね」

「どちらから見えたんですか」

「私はね、宮城の仙台から来たの。今は岡山にいる娘の所へ行った帰りなの。こうして電車でのんびりと行く旅が好きなのよ。帰ったら休養して、秋になったら北海道へ行くのよ。そうすれば全国統一よ」

と言うと、いかにも女傑といった趣で豪快に笑った。

《こういう人も世の中にはいるんだ》

耕平は感心しながらその女性を見つめていた。

「あなたはこれから旅をする機会が多くなるでしょう。私の経験から会得した、旅の三原則を教えてあげるわね」

耕平は興味深そうにじっと耳を傾けた。電車は相変わらず規則的な音と振動を刻みながら走っていた。踏み切りを通過する音がしたかと思うと流れるように消えてゆく。

「まず第一は健康であること。体が資本だからね、これはとても大切よ。第二は時間に余裕があること」

「第三は……」

と言うと、親指と人差し指で○を作り、ニヤリと笑いながら、

「お金が、あること」

と言った。

「いいかい。この三つが揃わない時は旅をしてはだめよ」

「健康、時間、お金、ですね。分かりました。覚えておきます」

耕平は何かとても得をしたような気持ちになった。さまざまな人や風景に出会う。それが旅の醍醐味《だいごみ》なのだろう。それを耕平は今、無意識のうちに感じていた。

耕平には先ほどから一つ気になっていることがあった。それを聞くのは不躾《ぶしつけ》のような気がしていたが、思い切って尋ねてみた。

「あのう、お一人で旅をされているんですか」

すると、その女性は優しい笑顔を浮かべながら、静かに首を横に振った。そして、洋服の内ポケットに手を差し込むと、セピア色の古い写真を耕平に見せた。

「ここに写っているのはね、私の亡くなった主人なのよ。子供が大きくなって、自分たちの手を離れたら、二人で日本中を旅しよう、そう約束していたのよ。あなたには見えないかもしれないけど、私にはあの人の姿が隣に見える気がするの、今もこうして。だからね、一人ではないの。主人と二人で旅をしているのよ」

と言うと、綺麗な、本当に綺麗な澄んだ笑顔を見せた。

その女性とは、東京駅で別れることになった。それでも名残を惜しむかのように、耕平は東北本線のホームまで見送りに行った。もう発車のベルが鳴っている。

「ありがとうね、お兄ちゃん。また、どこかで会えるといいわね」

「そうですね。お気をつけて」

二人とも恐らくもう二度と会うことはないだろうことは承知していたが……。

走り行く電車の窓越しに女性の姿が見えている。耕平が大きく手を振ると、女性は小さく会釈をした。その横にはやはり誰も座ってはいなかった。だが、なぜか耕平にも、あの写真に写っていた、女性の御主人の姿が見えたような気がした……。

# ステージへ

謙一が四月から勤務する学園で研修が行われていた。

「当学園は通信制高校の生徒をサポートするための学校です。まず、通信制高校のシステムですが、年間約七十前後の課題レポートの提出、スクーリングへの参加と試験などにより、三年間で高校卒業資格を取得できます。

通信制高校には、家庭の事情により入学する子、不登校、他の高校を中退した子など、さまざまな生徒が在籍しています。一般の高校に比べ自由の幅が大きい分、自力で卒業まで漕《こ》ぎ着くのはかなり困難、というのが現状です。そこで我々のようなサポート校が登場してきたわけです。

各校それぞれ独自性を打ち出していますが、当学園は十時から十二時までが学科、午後は音楽の授業を行っています。その音楽もロックが中心で、いわばロックの学校です。生徒の希望により、ボーカル、ギター、ベース、キーボード、ドラムなどの専攻に分かれ、それぞれ音楽業界の最前線で活躍している、プロのミュージシャンによる授業が行われています」

謙一がさりげなく教室の中を見ると、なるほど、アンプやギターが壁際に置かれていた。隣の教室からはベースの音が聞こえていた。少し間を置いてから再び話が始まった。

「学科講師としての業務は、教室での指導、電話による生徒への連絡、レポートの締め切り確認が中心です。多くの生徒が締め切りギリギリでやっと仕上げる、というのが現状で、二、三年生の学科への出席率が悪いですね。そういう子たちを学校に来させる、というのも大きな仕事です。それと、当校には原則として校則がありません。服装や髪形、もちろん髪の色も自由。十時までに来なければ遅刻ということもありません。

なお、授業についてですが、基本的には生徒が教科書と学習書、つまり解説書ですね、それを見ながら、自習形式でレポートを作成し、分からないところを講師が教えるという形です。他の生徒の迷惑にならない範囲なら、携帯電話の使用、おしゃべり、食事をしても構いません。ただし、人のレポートを写すことは厳禁なので、その点だけは厳しくするように。なお、特定個人との金品の授受なども禁止していますのでご注意ください。それとですね、大学へ進学する子もいますが、勉強に熱心な子というのはあまり多くありません。むしろ、ここでは勉強よりも音楽を基準に考えてあげて下さい」

この教務課長もプロのミュージシャンであり、音楽実技と学科の両方を担当していた。背が高く、長髪で金色だった。

「遠藤謙一先生は一年五組の担任ですので、よろしくお願いします」

「はい」
と謙一は答えたものの、
《いきなり担任をするんだ》
という戸惑《とまど》いを感じた。

東京校の本館から二号館へ向かう途中に神社がある。そこには蝉時雨が絶え間なく降り注いでいた。神社の境内にたむろして、良からぬことをしている生徒が時折いるため、謙一たち講師は、少々遠回りではあるが、見回りを兼ねて神社のある道から二号館へ向かうことにしていた。

《今日は大丈夫そうだな》

豆腐屋、花屋、銭湯と並ぶ細い道を歩いていると、駄菓子屋の中から謙一に声がかかる。

「こんにちは。暑いですね」

「こんにちは。また後で」

校舎の近くに駄菓子屋があり、授業が終わった後、百円分の駄菓子を買って帰るのが謙一の密《ひそ》かな楽しみになっていた。他の講師や生徒に見つからないようにしていたが、今では謙一の駄菓子好きを誰もが知っていた。昨日買った十円のチョコをこっそりと口の中へ入れながら、あっと言う間に過ぎ去ろうとしている、前期の日々を振り返っていた。

《少しでも学力を伸ばしてあげたい》

その思いは授業初日で脆《もろ》くも崩れ去った。十時を少し回った頃にぞろぞろと新入生たちがギターを抱えてやって来た。金髪だけでなく、髪を青やピンクに染めている生徒もいて、謙一には相当な違和感《いわかん》があった。そこへ生徒たちが、

「おはようございます」

と元気よく挨拶をしてきた。

「おはよう」

業界流に挨拶は全て、「おはようござます」と「お疲れ様でした」に統一されていた。ガイダンス時に挨拶の重要さを言われたようで、どの子たちも、挨拶だけは自然でちゃんとしていた。

《ほうっ》

と感心していたが、

「先生、名前何つうの？」

という生徒の質問で、一気に現実に返った。

「遠藤謙一です」

「じゃあ、謙ちゃんでいいよな」

と悪ガキそうな、だが、どことなく憎めそうにない子が言った。

「謙ちゃん、彼女いるの？」

「いないよ、欲しいんだけどね」

「なあ、謙ちゃんって、歳いくつなの」

「歳？　三十二だよ」

「三十二、嘘だろう。俺、四十かと思ったよ」

「ええ、俺は五十かと思ったよ。でも、謙ちゃんよ、三十二で独身だろ。それ、やばくねえ？　俺、女子高生でよければ紹介してやるよ。俺、女いっぱいいるからよ」

「馬鹿言ってんじゃねえよ。そりゃあ、犯罪だろ。第一、お前だって十六には見えないよ」と謙一は言い返した。

「じゃあ、いくつに見える？」

「そうだな、二十三くらいかな」

「ええー、嘘だろう、ショックだな」

と生徒が言うと、ドッと教室が沸いた。すると、教室にいる生徒たちが一斉《いっせい》に、

「なあ、俺はいくつに見える？」

「俺は？」

謙一が第一印象のとおりに、二十五歳、十八歳と言うたびに大騒ぎになる。

《まだ、みんな子供だな》

と、その時、初めて生徒たちを〝可愛い〟と思った。しかし、その日レポートを仕上げた生徒は二人しかいなかった。

一日の勤務を終え、駅に着くなり謙一は大きなため息をついた。
「うまく割り切れる人じゃないと続かないんだよね」という先輩講師の言葉が頭に浮かんだ。
《今日で辞めようか》
と一瞬思ったが、すぐに思い直した。

《よし、キャラクターチェンジだ。いい意味で割り切らなきゃ》

二、三年生の授業は同じ教室で行われる。教室には教卓と黒板、生徒用の机の他に、午後からの音楽の授業で使う、キーボード、アンプ、スピーカー、ミキサーなどが置かれていた。壁にはレポート提出の予定表と、今月の音楽科のスケジュール欄《らん》に、〝十日はレコーディング実習です。必ず参加するように〟という掲示があった。

《レコーディング実習か。何かみんな凄いことしてるんだな》

「おはようございます」

と威勢のいい声が教室に響いた。

「おはよう。新任の遠藤謙一、よろしくね」

二、三年生になると、こうも違うのか、というほど生徒たちが落ち着いている。その分、授業への出席率は一年生に比べ低いが……。去年の経験から、レポートを仕上げるペースや要領がつかめるからであろう。

「何から始める?」

「じゃあ、英語から始めます」

と言って黙々とやって行く。
《ふうん、結構みんなちゃんとやってるなあ》
もちろん、二、三年生の中にも手こずる生徒はいる。だが、そういう生徒は、締め切り直前にしか来ない場合が多いので、講師の手を煩わすということは意外なほど少ない。

ある日、生徒が、

「おはようございます」

と言うなり、

「ああ、疲れた。もう眠いっすよ。ちょっと机の上に寝ていいですか」

と言った。

「しょうがねえな。その代わり他の子が来たら起きろよ」

「はいよ。話わかるね」

と言うと、本当に眠り込んでしまった。十五分ほど経ってから、その生徒が目を覚ました。

「どうした、バイトか?」

「はい。もう、聞いて下さいよ。ファミレスでバイトしてるんすけど、朝番の人がいないからって、朝の三時から九時まで働いてるんすよ。それからここへ来て、午後音楽の授業じゃないっすか。今日なんか七時まで音楽の授業があって、その後九時からストリートなんで、めちゃくちゃハードっすよ」

「ねえ、ストリートって、路上ライブのことだよね」

「そうっすよ。やっぱ人前で歌わないと駄目っすから」

「そういうもん?」

「そういうもんすよ」

「でも、大変だろう?」

「いくら歌っても誰も振り向いてくれない時はね。でも、結構、いろんな人が足を止めて、それも一曲が終わるまでじいっと聞いてくれて、終わると拍手をしてくれるんすよ。それを経験しちゃうとね。今は無名だけど、好きでやってることだから、楽しいっすよ」

「そうか、がんばれよ」

疲労したその顔が謙一には眩《まぶ》しかった。

謙一の前では生徒たちが教科書と睨《にら》めっこしながら、レポートと格闘していた。締め切り直前になると、やはり一気に忙しさが増す。締め切り三日前あたりになると大混雑になる。

「だから、早く来て終わらせとけって言っただろう」

という、講師たちの声が聞こえてくる。

《これから本館へ帰って、まだ終わってない生徒たちに電話をしなければな。あの五人組だよな、うちのクラスは。いつものベストメンバー、だな》

本館へ戻ると、各クラスの担任が電話で生徒を呼び出していた。

「いい、ほんと、今回も出さなかったら単位取れないぞ、お前」

「もう、昨日来るって約束したのに、早く来なさい」

「お前、何考えてんだよ、早く家出ろよ。卒業できなくてもいいのか」

「ねえ、もう十二時過ぎてるから起きて。二度寝しないですぐに来てね」

「もう、信じられない。まだ家にいるの?」

謙一も五人組に電話を掛け始めた。

「おおい、明日締め切りだよお。頼むぜ、明日」

「はい、分かってまあす」

「ほんとに分かってる？　とにかく、明日来ないと単位落としちゃうからな。五人組でおいで」

「はい」

「うん、じゃあ明日ね。待ってるよ」

《音楽に対してはまじめなんだけど、勉強はなあ。あれでもう少し勉強してくれればいいんだけどな》

レポートを仕上げない生徒たちに連絡をとっている講師の姿をみるたびに、

《サポート校がないと、卒業できない生徒って多いだろうな》

謙一は思うのだった。


締め切り日の朝は騒がしい。それぞれの担任は再び電話をして早く来させようとする。今日終わらなければ単位を落とす子もいる。一、二年生は単位が、三年生なら卒業がかかっているだけに、担任はかなり焦《あせ》っていた。それとは対照的に、当の本人たちは焦る気配もなければ、登校することに駄々《だだ》をこねる生徒までいる。

《卒業がかかっているのに。ある意味、みんな大物だな》

教室へ行くと、五人組が揃《そろ》ってやって来ていた。

「おお、来たか。おはよう」

「おはようございます」

と威勢のいいコーラスで答えてくる。相変わらず挨拶はいい。

「今日が最後やからな。八通で多いけど頑張れよ」

他にも駆け込みでレポートを仕上げる生徒で、広い教室もいっぱいになっている。

後ろの方でピンクに髪を染めた子が、一生懸命、美術の課題である風景画を描いている。

生徒が終わったレポートを確認すると、原稿用紙いっぱいに作文が書き込まれている。数学の計算で指を折っている子、「先生、ここ教えて」と言ってレポートを持ってくる子。

そういう子たちを見ていると、やはり、

《可愛いな》

と思った。

締め切り前だけは、特別に五時までレポートができる。四時を過ぎた頃、ようやく五人組がレポートを終わらせた。

「お疲れ様。今度はもっと早くおいで」

と謙一が言うと、リーダーの子が、

「先生、俺たち〝颯爽《さっそう》〟っていうバンド組んでるんすけど、明日、ライブがあるんです。といっても、先輩のバンドが二組出て、バンド交替の間に一曲だけやらせてもらうだけなんすけど。でも、初ライブなんです。東京ドーム五万人ライブへの第一歩なんです。見に来てくれませんか」

「明日か。いいよ、必ず行くから」

「ありがとうございます。じゃあ、明日。お疲れ様でした」

「うん、お疲れ様」


そのライブハウスはビルの地下にあった。階段を下りると、薄暗い狭いホールの中に、三十人ほどの観客が集まっていた。謙一がカウンターでビールを注文しているところへ、〝颯爽〟のリーダーでドラム担当の子がやって来た。

「お疲れ様です。来てくださいましてありがとうございます」

と、丁重《ていちょう》な口調で挨拶をした。

「おお、おめでとう。がんばれよ」

「はい。じゃあ」

と言うと、楽屋へ入っていった。謙一が後ろの壁にもたれながらビールを飲んでいるところに、〝颯爽〟のメンバー全員がやって来た。

「先生が見に来てくれたぞ」

「ありがとうございます」

「おお、気にすんな。がんばってな」

と返事をしたが、いつも陽気なボーカル担当の子の表情が暗いのに気がついた。

《緊張しているのかな》

「どうした、大丈夫か」と聞くと、今にも消え入りそうな、かすれた声で、

「昨日の、ストリートで、声を、やっちゃって、でも……」

「もういい。話さなくていいから。とにかく無理するな」

「まだ、時間が、あるから、大丈夫、です」

「そうか、がんばれよ」

「はい」

《本当に大丈夫なのかな？》

初めて聴くライブハウスでのロックに謙一は圧倒されていた。ライブが始まってから一時間が過ぎていた。最初のバンドのアンコールが終わり、いよいよ〝颯爽〟の出番がやってきた。慌しくドラムなどを換え、機材のセッティングが行われていた。

ライトが消え、ホールが暗闇に包まれる。ステージライトが五人を鮮やかに照らし出す。スティックを叩く音とともに聞こえるスリーフォーの声。ドラムがビートを刻み、ギターがそこへかぶさっていく。その合間を縫《ぬ》うように流れるキーボードの音、がっしりとしたベースの音。重低音がまるで海鳴りのようにホールに響いた。

《出だし、いいじゃないか。あとは……》

と思った謙一の耳に、突然ボーカルの声がはっきりと聞こえてきた。ややかすれてはいる。だが、ドラム、ギター、キーボード、そしてベースに守られるように、必死で歌う声が……。

《出てるぞ、大丈夫、いけるぞ》

全身から搾《しぼ》り出すような高音がホールに響く。

《あの子、声なんか出るはずがないのに……》
祈るような目で見つめる謙一の目に、ドラムの笑顔が飛び込んできた。
《いい顔してるじゃないか》
いや、彼だけではない。メンバー全員が〝いい顔〟をしていた。
ライブハウスを後にした謙一の耳には〝颯爽〟の演奏した曲が、いつまでも響いていた。

# 今度は二人で

「ばあちゃん？　ばあちゃんなら死んじゃったよ、先月に」

「死んだって、え、何？　だって……」

〝どうしてそんな大事なこと、連絡してくれなかったんだよ〟

という父への言葉を、勝はグッと飲み込んで静かに受話器を置いた。

《いつも連絡を取っていない自分が悪かったんだ……》

勝が東京へ出てきてから、もう三年が過ぎようとしていた。その間の忙しさにかまけ、親に電話を入れたり、ばあちゃんや東京の親戚《しんせき》へ顔を出すことも怠っていた。
《何の恩返しも出来ずに終わってしまったな。元気な顔を時折見せに行くだけで良かったんだ。それなのに、亡くなったことも知らず、最後のお別れも、見送りすらも出来なかったなんて》
そうした苦い思いとともに、勝は大きな負い目を背負ったような気がした。
「ねえ、ばあちゃんとうちってどういう関係なの？」

小学生の頃だろうか、こんな問いを母にしたことがあった。しばらく経って、ばあちゃんの家へ遊びに行った時、

「勝ったら、うちとばあちゃんはどういう関係なの？　なんて聞くんですよ」

と母が言った。勝は、

《何でそういうことを直接言っちゃうんだよ》

と内心すまない気持ちでいると、

「なんだ、勝ちゃん覚えてないの」

と、ばあちゃんが少し寂しそうな顔をして言ったのを、今でもはっきりと覚えている。

あれからもうどれくらいの時が経ったのだろう。勝は恋人の友美と一緒に、幼い頃の写真を見ていた。

「勝くんの小さい頃の写真が見たいな」

という友美の願いで、母から送ってもらった写真だった。勝と友美は歳の差が十もあるため、幼い頃のビデオがある世代の友美と比べると、勝の写真は文字どおり〝昔〟という印象だった。それだけに、勝は何となく恥ずかしい気持ちでその写真を見ていた。

「勝くん、赤ちゃんの時とおんなじ顔してる」

「そうかあ？」

と勝は不服そうに答えた。色あせた白黒の写真。そこには、ばあちゃんに抱っこをされている勝がいた。白い割烹着《かっぽうぎ》を着て大切そうに勝を抱えている。その後ろには、ばあちゃんがやっていた店が写っていた。

「友美、これ見て。あんまん、肉まん二十五円だって」

「ほんとだ。今の四分の一くらいだね。ちょっと時代を感じるね」

「うん」

と勝は素直に答えた。

写真の裏を見ると母の字で、〝一番大切にしてくれた人〟と書いてあった。そう、ばあちゃんは確かに大切にしてくれていた……。

「ばあちゃんとは、血縁関係はないんだ」

と唐突に勝は語り始めた。友美が驚いて勝を見ると、どこか遠くを見るような目つきをしていた。何か大切なことを話す時の勝の癖である。

「そうなの？」

「うん。ここに店が写ってるだろ。それがばあちゃんの店なんだ。今はもうなくなっちゃったけどね。その店の近くにうちの親が住んでいて、よく買い物へ行ってるうちに仲良くなったらしいんだ。俺が生まれた頃、まだ二人とも若かったから、日曜日とかばあちゃんに俺を預けて、二人でデートとかに行ってたんだって。それで、親戚付き合いをするようになってさ。俺も本当のばあちゃんと同じだと思ってたし、ばあちゃんもそう思ってくれてたよ」

「そうなんだ。ねえ、勝くん、そのおばあちゃんって、今は？」

「死んじゃったんだ」

「そう。会ってみたかったな」

友美がしみじみと言った。

「でもね、お葬式に出られなかったんだ」

「どうして」

「誰も知らせてくれなくてさ。なぜか、うちの親はそういう大事なことを教えないんだよな。あの時は確か親戚のおばちゃんに電話したんだ。そうしたら、三月に〝四十九日があるから〟と教えられて。だから、四十九日には顔を出せたんだけどね」

「そうだったの」

「でもさ、やっぱお葬式に出てないという負い目があってね。お墓参りへ行くにも、何か昼間に行ってはいけないような気がしてさ。だから、毎年三月になると、その年に書いた仕事を持って、夜お墓参りに行くんだ。こっそりと」

「夜に行くの」

「うん。最初は、まあ、今でもちょっと怖いけど。丘の上にある見晴らしのいい、結構大きな墓地なんだ。八王子の夜景が一望できてさ。そこへ行くのが一年の区切りのような感じになってるんだ。去年、ばあちゃんに彼女が出来たら二人で来るからって言ったんだけど……。来てくれる?」

「もちろんよ。でも、夜?」

「うん」

「おばあさんも、怒ってなんかないと思うな。ううん。きっと喜んでるよ。だから、もう夜じゃなくてもいいんじゃないの」

「そうかな」

と言って勝は少し考え込んだ。

「でも、まだ……」

「分かったわ。その代わりちゃんと私のこと、おばあさんに紹介してね」

「ああ。八王子で生まれたんだ、俺。そこ、夜景がホント綺麗なんだ」

「じゃあ楽しみにしてるね。いつ行く？」

「そうだな、来週の日曜日にしようか？　ついでに、ちょっとまだ寒いけど高尾山に行ってみない。俺が育ったとこなんだ」

「うん。行きたい」

「じゃあ、決まり」

と言うと、勝は静かに部屋の明かりを消した。


そろそろ高尾山にも桜が咲き始めていた。山頂へ行くには、徒歩、ケーブルカー、ロープウェーの三通りがあったが、勝は迷わず、

「ロープウェーにしよう」

と言った。

「いいけど、ちょっと怖そう」

「大丈夫だから」

「うん」

ロープウェーは急勾配の斜面をゆっくりと登って行った。振り返ると、鬱蒼《うっそう》とした樹木の間に、桜が薄紅色の彩りを加え、周囲の山々の背後には八王子市街が一望できた。

「勝くん、どうしたの？　さっきからぼんやりしちゃって」

「実はさ、小学生の時に友達とこれに乗ったことがあったんだ。その時カップルが上から来るたびに、ヒューヒューとか言ってからかってたんだ。たまに文句を言うヤツがいてもこっちには絶対来られないからさ。でもね、友達とそうやってからかいながらも、心の中で〝自分も大きくなって恋人が出来たらこのロープウェーに一緒に乗りに来よう〟って思ったんだ。それがささやかな夢でね。その後、五年生の時に福島へ引っ越したから、もちろん、そんな機会も全くなくてさ。上京してからもだけど。だからさ、子供の時の夢が、今、実現してるんだ」

「そうだったの。ちょっと照れるけど、良かったね」

「うん」

歩きやすく舗装《ほそう》された登山道、飼育員が名前を呼ぶと返事をする猿たちがいる猿山、いつ来ても〝ここが頂上？〟と思えるような山頂、昔買ったものと同じ木刀が売られている土産物売り場、注連縄が巻かれた樹齢何百年という大木、響き渡る鳥の囀り、下山の時乗ったケーブルカー……。どれもが、少年の頃の記憶そのままであった。


「疲れちゃった？」

「うん、ちょっと。でも、勝くんが育った所が見られて面白かったよ」

「そう？」

と言うと、その後の会話は帰りの電車がトンネルへ入ったため、かき消されて聞こえなかった。トンネルを出ると高尾駅に着いた。

《そう言えば、ストで電車が止まった時、このトンネルを友達と一緒に歩いたことがあったな。〝もし電車が来たらどうしよう〟って本当は怖かったんだよな》

高尾駅に着いた頃には、雨こそ降りそうにはないものの、厚い雲が空を覆っていた。

「あそこに小学校があるだろう。そこに通ってたんだ」

「へえ、そうなんだ。懐かしいんでしょう？」

「うん、懐かしいよ」

やがて電車は狭間駅に着いた。

「ここのさ、あ、見えないかな、この先にあるアパートに住んでたんだ」

「でも、ちょっと学校まで遠くない？」

「そう、だから学校までは電車通学だったんだよ。よく乗り遅れそうになって駅まで走ったな」

「何か目に浮かぶ感じ」

と言ってくすくすと笑った。


「ああ、このめじろ台駅に塾があってさ、そこへ通ってたんだ」

「勝くんが塾って、意外な感じじゃね」

「いや、あまりにも成績が悪すぎてさ、週に一回行ってたんだ。あの時の先生元気かな。結構、ケンカとかしてたから、大変だったろうな」

「もう、何しに塾へ行ってたの」

「でもね、その先生がさ〝今度のテストで百点取ったらミニ四駆をご褒美《ほうび》にあげる〟って言ったんだ。そん時は勉強したな」

「それでどうだったの」

「もちろん、満点。ちょっとおまけしてくれたんだけど」

「偉い」

「次の週、授業が終わってからこっそりくれたんだ。そういうことが、二、三回あったな。今思うといい先生だったよ」

「そうね」

と言うと、友美は勝の肩にそっと顔を埋めた。


「友美、次で降りるよ」

「うん」

と寝ぼけた様子で友美が答えた。辺りは既に暗くなっていた。二人は北野駅で降り、墓地へ向かって歩き始めた。

「寒いな、友美、大丈夫?」

「うん。大丈夫よ」

「この辺、変わったなあ。あんな大きい道路は小さい時には無かったんだよ」

「そうなの」

「ああ。どの辺か分からないんだけど、赤ん坊の時、この辺に住んでたらしいんだ。あの通りの信号の先辺り。あそこにばあちゃんの家があったんだよ。今は引っ越して、そこはアパートになってるけど」

「ふうん。ねえ、あとどのくらいで着くの」

「この坂を登りきった所にあるから五分くらいかな」

「よし、頑張ろう」

と言うと、勢いよく二人で坂を登り始めた。


お寺の灯りはついてなかったが、門が開いていたので、

「お邪魔します」

と二人は小声で言って、境内を抜け墓地へ向かった。丘の上に続く階段を上っていると、時折強い風が吹き、そのたびに卒塔婆《そとば》がカタカタと音をたてた。空は相変わらずどんよりと曇っている。

「やっぱ、ちょっと怖いね」

「うん。でもさ、ここへ来るたびに、こういう所に眠ってるのは寂しいだろうな、って思うんだ。やっぱ一年に一回とか、来られる時に会いに来てあげるべきなんだろうな」

「そうね」

そんな会話をしているうちに、ようやく丘の上にあるばあちゃんのお墓に着いた。

「ねえ、勝くん、お線香持って来た?」

「いや」

「いやって、いいの?」

「うん、いつもそうなんだ。気持ちの問題だし」

少し呆れた顔で友美が勝を見ると、勝は鞄からラップで包んだ雑誌などを墓前に置いた。それは、勝の書いた記事が載っている雑誌であった。

「友美、来てくれる」

「はい」

「ばあちゃん、紹介するね。〝今度は彼女を連れて来る〟って言ったでしょう。友美だよ」

「友美です」

と言うと、二人は墓前に座り手を合わせた。

「ちょっとは、ばあちゃんも許してくれるかな」

「大丈夫よ。だって、勝くん、おばあさんのこと、こんなに思ってるんだもの。その気持ちはきっと通じるわよ。ううん、最初からおばあさん、怒ってなかったと思うわ。勝くんにはお葬式にさえ出られなかったという負い目があるのかもしれないけど、亡くなった後もこんなに思ってもらえるなんて、ある意味、おばあさんも幸せだと思うわ。もう、自分を責めなくていいんじゃないの」

「そう言ってもらえると、何か胸のつかえが何年振りかで取れたような気がするよ」

「良かったわね。私、今日ここへ来ておばあさんに会えて良かったわ」

「そうだ。どう、この夜景」


勝が友美へ声をかけると、突風が二人を襲った。勝と友美はギュッと目をつむりながらしっかりと抱き合った。やがて、風も収まり二人が夜景を見ようとした瞬間、雲がパッと割れ、そこから、赤みを帯びた、びっくりするほど大きな満月が現れ、八王子の町を照らし出した。

「これって……」

と、二人は同じことを言って顔を見合わせた。勝は静かにばあちゃんのお墓を振り返り心の中でそっと呟《つぶや》いた。

《来年は結婚の知らせを持って昼間に二人で来るよ》と。

# 何も出来なくて

「明日の弁論大会ね、春香がクラス代表になったんだ」

中二になる春香が夕食の最中に、父親と母親に恥ずかしそうに話した。一人っ子で引っ込み思案な性格の子だけに、父親の敏行も母親の由美子も一様に驚いた。

「春香、それってみんなの前でするんだろ」

と敏行が言うと、

「うん、全校生徒の前でするの」

と春香が答えた。由美子も、

「大丈夫なの、春香」

といかにも心配そうに話しかけた。

「あんまり自信はないんだけど。クラスの代表に選ばれちゃったし、先生も、とってもいい内容だから自信を持ちなさいって言ってくれたから」

「そうか、それでどんなことを話すんだ？」

「あのね〝本当の親切とは〟というタイトルなの」

「そう。春香らしいわね」

「うん、そうだな。春香は小さい頃から優しい子だったからな。ところで、それはお父さんたちには、聞かせてくれないのかな」

「お母さんも聞きたいわ」

「じゃあ、ご飯を食べ終わったらね」

「そうか、楽しみだな」


春香は照れながらも堂々とした様子で、明日発表する文章を二人の前で読んだ。〝親切な心は誰でも持っている。ただ、その気持ちを実際の行動として表さなければならない〟という内容のものだった。

「いいじゃないか春香。自信を持ちなさい」

「お母さんもいいと思うわ」

「本当？　ちょっと自信が出て来たかも。私、もう寝るね」

と言うと、そそくさと二階へ上って行った。ああ見えて恥ずかしいらしい。

「あの子も成長したんだな」

お茶を飲みながら感慨深そうに言う敏行の言葉に、由美子が静かにうなずいた。

「うまく行くといいわね」

「ああ。でも、仮にうまく行かなくて泣きながら帰って来たとしても、いいんじゃないかな。あの子がそういう舞台に立とう、という勇気を持ってくれただけで十分じゃないか。まあ、泣くことはないだろうけど」

「そうね。成長の一つの過程として、そっと見つめてあげましょう」

体育館の壇上では弁論大会の表彰式が行われていた。その中には銀賞に選ばれた春香の姿もあった。落ち着いているように見えながら、実際には、

「銀賞、二年三組中村春香」の声を聞いた時から、頭の中が真っ白になり、後で振り返ってもほとんど表彰式のことを思い出せない程だった。校長先生が総評で、

「中村春香さんの〝本当の親切とは〟は、親切という言葉の本質に迫る内容で、非常に良い発表でした」

と述べると、クラスの中から大きな拍手と歓声が起こった。大人しくあまり目立たない存在だった春香にスポットライトが当たった瞬間であった。

「春香ちゃんおめでとう」

「春香ちゃん凄いね」

という声があちこちからかけられた。帰りのホームルームの際には担任が、銀賞を受賞したことを褒《ほ》めた上で、

「今まであまり自己主張をしたり、自分の意見を言えなかった春香が、全校生徒の前で自分の意見を主張できるようになったこと、いや、堂々と主張できたこと、先生はそれが何よりも嬉しい。おめでとう」

と言うと、再びクラスの仲間が拍手をしてくれた。

春香は恥ずかしそうに顔を赤らめたままうつむいていたが、やがて困ったような、だが、明らかに嬉しそうな顔で、

「ありがとうございました」

と、やっと聞き取れるぐらいのか細い声で答えた。

《今まで話したことのなかった人や、怖いと思っていた人も、春香に〝おめでとう〟と言ってくれる。やってみて良かったな》

春香は少し自分に自信が持てたような気がした。学校へ来てこんな気持ちになったのは、これが初めてだった。

《早くお母さんとお父さんに教えてあげなくちゃ》

春香はいつもより急ぎ足で家路に向かった。もう秋が去り冬がやって来ようとしていた。マフラーと手袋、そしてコート無しでは外を歩けないような寒さだった。だが、吹きすさぶ木枯《こが》らしも、今日ばかりは春香に寒さを感じさせなかった。

敏行が駅に着いた時には時計も六時半を回り、帰宅途中の学生やサラリーマンで混雑していた。

《春香、うまく行ったかな》

敏行はたまたま昨日で定期が切れたため、切符を買うため券売機に並んでいた。やっと順番が来て、切符を買い自動改札へ向かおうと振り向いた時、白い杖を持った春香と同じ年頃の少年が、人の行き交う通路の真中に立っているのが目に入った。その瞬間、敏行は、「あっ」という小さな叫び声をあげてしまった。

時間帯が通勤ラッシュ時のため、文字通り雑踏の真っ只中に立ち尽くしていた。振り向く人、いぶかしげな表情を浮かべる人、ぶつかりそうになり危うく避ける人。だが、少年に声をかけようとする人は誰もいない。少年は周囲の気配を察知しようとするかのように、小刻みに頭を揺らしていた。

敏行の脳裏には昨夜聞いた春香の〝本当の親切とは〟が浮かんでいた。
《春香も勇気を出して弁論大会で発表したんじゃないか、声をかけなければ。行動で〝親切〟を示さなければ。そうしなければ、とてもじゃないが春香と話が出来ない》
そう自分を鼓舞しても、なぜか足がすくんでしまい全く動かない。ギュッと握り締めた手に汗が滲《にじ》んでいる。駅に備え付けつけられた時計を見ていると、聞こえるはずのない秒針の音が聞こえてくるような気がした。その秒針がゆっくりと、本当にゆっくりと進む。
一分、二分、三分……。
《誰か声をかけてくれないか》
心の中の叫びは絶叫に変わっていた。時計を見上げる。あれからもう十分が経とうとしている。
《春香なら声をかけるだろう。それなのに自分は……》
敏行がそんな思いに捉われていた時、その場を通りかかった春香と同じ学年ぐらいの男の子が少年に声をかけた。もちろん敏行の位置からは、何を話しているか分からない。だが、おそらく、
「ここは通路の真中ですから危ないですよ。脇へ移動しましょう」

と言ったのだろう。敏行がその少年に告げようと思いながら、どうしても告げられなかったことを。声をかけた中学生の肘をしっかりと握り、少年はゆっくりと壁際の方へ移動した。

敏行は少年が安全な場所へ移動したのを確認すると、安堵感《あんどかん》とともに何も出来なかった自分への痛切な嫌悪感に襲われた。

《昨日何のために〝本当の親切とは〟という春香の文章を聞いたのだろう。今が自分の親切心を実際の行動に移すべき時だったのに。結局、何も出来なかった……》

十分間にあの少年に声をかけたのは、たった一人だけだった。敏行もまた結果的には何もしなかった一人であった。

《父親として、春香に合わす顔がないな》

と思いながら敏行は重い足取りでそこを後にした。

だが、少年が声をかけられたのを見てその場を立ち去ったのは、決して敏行一人だけではなかった……。

電車の中は夕方のラッシュでごった返していた。その中で敏行は、周りの人が自分に冷たい視線を浴びせているような気がした。ふと見れば、いかにも〝疲れた〟といった様子で座っていたサラリーマンが、お年寄りが来た途端、何のためらいもなくごく自然に席を譲っていた。お礼を言われたサラリーマンの顔に浮かんだ笑顔が、今の敏行には身にしみた。会社帰りの疲れた体で、立ち続ける辛さは敏行もよく知っていたからである。

《弁論大会のことは聞き辛くなってしまったな》

家が近づいてくると、敏行の心は一層重くなってきた。あたりは既に真っ暗でかなり寒くなってきていた。

「ただいま」

という言葉にも力が無かった。敏行が帰ると先に帰宅していた春香も、どことなく沈みがちな声で、

「お帰りなさい」

と言っただけで、今日のことは何も口にせず自分の部屋へ行ってしまった。

食事の間も弁論大会の話題は全く出ずに、いつもどおりの時間が流れ去っていった。

《お父さんもお母さんも私の様子を見て、きっと今日の発表がうまく行かなかったと思ってるんだわ。今日のことを話さなくちゃ》

と春香が思った時、敏行が、

「今日、会社の帰りにな、駅で目の不自由な少年が、改札前の、人がいっぱい通っている所に立っていたんだよ。その子を見てすぐに〝声をかけてあげなきゃ〟と思ったんだけどな、結局、数分後に他の人が声をかけるまで、お父さんはそこに立って見ていただけで、何も出来なかったよ。春香の話を昨日聞いたばかりなのにな。お父さんもまだまだだな」

「そう、そんなことがあったの。なんとなく元気がないわ、と思ってたわ」

と由美子が言った。力なく敏行が、

「ああ」

と言うと春香が口を開いた。

「あの場所にね、私もいたの。でも……」

# 冬に見る海

両手に大きな鞄《かばん》を提げ、肩を落としながらアパートを去る里沙の背に、洋介は何も声をかけられずに立ちすくんでいた。里沙の姿が階段から見えなくなり、足音が小さくなってゆく。あと数十秒で二人の関係の全てが終わろうとしていた。やがて足音も消え、バタンという、車のドアを閉める乾いた音が聞こえてきた。

《今なら間にあうぞ、いいのか》

鳴り響くエンジンの音……。あと数十秒で二人の関係の全てが終わる。

《急げよ、行ってしまうぞ》

車の走り去る音が聞こえた。洋介が階下へ降りた時には、湘南の潮騒《しおさい》だけが辺りに響いていた。冬の夜空には満天の星が輝いているというのに……。

《もう、終わってしまったんだ……》

洋介は今、目の前で起きたことが受け入れられず、いつまでもその場に立ちすくんでいた。戻って来るはずのない里沙の車を待つかのように……。

里沙と暮らした一年間は、いとも簡単に崩れ去ってしまった。いや、簡単にではない、少しずつ綻《ほころ》び始めていた。里沙もそのサインを静かに送っていたはずなのに、洋介はそれに気づかなかった。

部屋に戻り改めて室内を見回す。僅か鞄二個分の荷物がなくなっただけなのに、不自然なほどガランとして見えた。もう、この部屋に里沙の物はなにもない。そう思った瞬間、別れる時には流れなかった涙が堰《せき》を切ったように溢れ出した。初めは静かに泣いていたものの、しばらくすると、まるで子供のように声を立てて泣き始めてしまった。隣まで響きそうな自分の声に、我ながら驚いた洋介だったが、

《聞こえるなら、聞こえてしまえばいい》

と思った。

どのくらい時間が経ったのだろう。突然、江ノ島の彼方に見える富士山の山頂に、真っ赤に燃える夕日が、海を紅に染めながら、今まさに沈んでいく光景が浮かんだ。

《この光景はいつか見たことが……、いつだろう？　いつ？　そうだ、このアパートに引っ越して来た日の夕方に、里沙と見た景色だ》

ふと気がつくと海の見える窓の前に洋介は立っていた。手を伸ばし窓を開けようとした時、肘に何かが当たった気がした。すると、そこには一個の小さなコーヒーの空き瓶《びん》が、

蓋《ふた》を取ったまま、逆さまに立てられていた。
《これは……》
洋介の脳裏に里沙の声が聞こえてきた。
「ねえ、この空き瓶は捨てないで取っておこう、何かに使えそうだから」
あの時の里沙の表情も、いや、会話の一語一句まで思い出せる……。
《里沙の物はもうないと思っていたのに、いや、里沙のことを思い出す物はもうないと思っていたのに……。こんな、所に……》
窓を開けると、冬の海風が容赦なく入り込んできた。風が、冷たい……。
《やはりこれは現実、なんだ。どうしようもない現実なんだ》
無造作に水道の蛇口をひねりザブザブと顔を洗う。雫を滴《したた》らせながら顔を上げると、歯ブラシがポツンと一つ立っていた。
《どうしてこんなことになってしまったのだろう。どうして？　どこからおかしくなってしまったのだろう。あんなに好き合っていた二人だったのに……》
そんなことばかり、もう一体どれだけ考え続けているのだろう。

目の前の電話に目が留まる。

「ねえ、ファックスってどうやって送ればいいの？」

ハッと見返しても里沙の姿はそこにはなかった。

《もう、里沙はこの部屋にはいないんだよ、洋介》

洋介は喉の渇きを覚え、冷蔵庫を開けようとした。

「洋介、喉が渇いちゃった」

それは三日前の夜、里沙がベッドの中から、まだ起きてテーブルで本を読んでいた洋介に言った言葉だった。甘えた里沙の声。それなのに、冷蔵庫の隣に座っていた洋介は、

「うん？」

と言ったまま、動こうとしなかった。そんな洋介の姿を見た里沙は、自分で冷蔵庫を開けてペットボトルに入ったお茶を飲んだ。その横顔が妙に寂しそうだった。

《昔の自分だったら、そんな里沙の言動も可愛い、と思えて取ってあげたはず……》

昔の自分？

そう言えば、いつだろう？　ポツリと里沙が漏らしていた。

「洋介、付き合い始めた頃と何かちょっと変わってきた」

《そう言えば……》

と思ったものの、あまり気にもせずうち過ごしてしまっていた。

「忙しいから」

そんな理由で……。


ベッドの枕も今日からは一つ。ゴロンと横になる。

洋介の右腕を腕枕にして寝る里沙。

抱き合うように寝ていた里沙。

手を繋《つな》いで寝るのが好きだった里沙。

たいていは、里沙の方が寝るのが早かった。洋介は体の姿勢を変えるため、そっと里沙の手を放した。だが、その瞬間、寝ている里沙の手が、洋介の手を探し求めるようにせわしなく動いた。洋介が驚いて里沙の手をそっと握ると、里沙の手が安心したようにギュッと洋介の手を握り返してきた。

《寝ているはずなのに……》

里沙が寝た後で洋介がベッドに入る時は、決って右腕で腕枕をしていた。洋介が里沙の首の下に腕を差し入れると、首を起こし、「洋介」と言って胸にしがみついてくるのが常だった。

《起きてたのかな？》

と思うが、里沙を見るといつも静かな寝息を立てていた。

あの日、洋介は遅くまで起きていた。先に寝ていた里沙は小熊の人形をしっかりと抱き締めて寝ていた。一人で寝ている時はいつもその人形が一緒だった。

「里沙ね、子供の時からお父さんもお母さんもお仕事で帰りが遅かったの。いつもね、五時まではお友達の家で遊んでたの。でも、五時を過ぎるとお家《うち》に帰るの。里沙はね、お父さんとお母さんが帰って来るまで、いつも一人でお人形さんとお話してたの」

暗くなった部屋の隅でポツンと一人で人形に話しかける里沙の姿が洋介の脳裏に浮かぶ。

少しずつ増えてゆく茶碗やお皿。

中古の洗濯機とトースター。

スーパーでの買い物。

銭湯の帰りに飲んだビールの美味さ。

寒い夜、熱燗《あつかん》にして呑んだ酒は、体だけでなく心まで温めてくれた。いくつもの、二人だけの記憶。その断片が浮かんでは消えてゆく……。


木目柄のカラーボックスが窓際に置いてあった。何も入っていないカラーボックス。そこには、つい昨日まで里沙の本や化粧道具がびっしり入っていた。

《何で何も入っていないんだ、何で目を覚ましても隣に里沙がいないんだ、何で、何で……》

混乱した頭の中で何度も呟く。

「あなたが変わってしまったからなの。あなたが忘れてしまったからなのよ」

「何が変わったんだよ、何を俺が忘れたんだよ?」

「気づいてないの? 付き合い始めた時の〝あの時〟の気持ちよ」

「それなら、今でも持ち続けているよ」

「ううん、それは、うそ。あんなに優しかったのに……」と言うと、里沙の姿がスッと洋介の目の前から消えた。
一人でポツンとベッドに腰掛けている自分に気づく。
《何で隣に里沙がいないんだ》
普段は聞こえなかった目覚まし時計が、カチカチと重く時を刻む音がはっきりと聞こえてきた。あれほど心地良かった湘南の潮騒までが今はもう……。洋介は堪《たま》らず耳を押さえ、真っ暗で何の音も聞こえない状態で、ギュッと目を閉じた。
《もう独りなんだ。なぜ里沙が去ってしまったか、今なら分かる気がする。でも、もう遅いんだ……》
こうしていると自分の体がどんどんと奈落の底に、深い暗闇に落ち込んでゆきそうな気になってくる。いや、本当に体が動かない。全く動かない。目を開けようとしても目さえ開けられない。沈む体、動かぬ体。その時、微かだが遠くに小さな光が見えた。その光からは細い、本当に細い光線がかろうじて洋介に向かって延びていた。その光を目指して、洋介はその光を摑《つか》みとるように必死の思いで手を伸ばす。
「わっ」

という声とともにその光を摑んだ。

その光は洋介の部屋にある蛍光灯の小さな電球の明かりだった。洋介は訳が分からず、茫然《ぼうぜん》としていた。

《もしかしたら、あれが金縛りというものなのかな》

だが、次の瞬間、背中に冷やりとしたものが走った。

《里沙は、里沙は？》

正気に戻った洋介の耳に、潮騒と風の音に混じって、微かな里沙の寝息が聞こえてきた。

「里沙……」

と呟くと、慌てて部屋の中を見回した。昨日と同じように里沙の荷物がそこにある。カラーボックスの中にも里沙の本と化粧道具がぎっしりと置かれていた。洋介は乱れた里沙の髪をそっと撫でると、静かにベッドから起き出した。

洋介が窓を開けようとすると、肘に物が当たるのを感じた。

《そう、この瓶が……》

改めて窓を開けると、潮の香りとともに潮騒が聞こえてきた。十六夜《いざよい》の月と満天の星空が、冬の海を青白く照らし出していた。

冬の海はさまざまなことを人に思い出させる。

日々の出来事に流され、やがて馴れ、失いそうになると、覚えているつもりでいながら、忘れ去っていたものを思い出させる。失ってからでは遅すぎる。

〝あの時〟の思いを……。

時の彼方の

中央本線の車窓から見える山々は、うっすらと色づき始めていた。緑のキャンバスに滲《にじ》む萌黄色《もえぎいろ》の樹木と、遠慮がちにそれを彩る薄紅色と。三十年前に見た町並みがいくら変わろうとも、信州の山々はあの日と同じように、久美子を優しく迎えていた。だが、久美子は虚ろな目で信州の懐かしいはずの景色を、ぼんやりと見ていた。色づいた樹木が、まるで雅夫との、夫婦関係の終焉を象徴しているように思えてならなかった。

《終わったんだわ、もう……》

自ら招いたこととはいえ、あの秋の日には考えもしなかった現実が、今こうして久美子を覆い尽くしていた。

「もう終わったんだわ」

今度は自らに言い聞かせるように小声で呟くと、遠くを見るように目を細めた。

久美子は世に言う〝熟年離婚〟など、自分たち夫婦には無縁だと思っていた。その自分たちが今こうして離別の時を迎えようとしていることが信じられず、なぜか他人事のように思えてならなかった。

いつ頃からだろう。二人の間に秋風が吹き始めたのは……。そう、娘の就職が決まったあたりからだろうか。久美子の中で何かがポキンと音を立てて折れた気がした。

息子は今年の春に大学を卒業した。子供を育て上げた満足感と喪失感。そして、夫と二人で送るこれからの生活……。その生活を想像した時、無性に新たな一歩を、それも一人で新たな人生を歩み始めたくなった。夫の雅夫には何の不満もなかった。思えば、久美子の一方的なわがままであった。初めは隠していたそんな思いも、やがて隠し切れなくなっていた。

心の隙間に吹き込んだ風は、三十年連れ添った夫婦の灯を、いともたやすく吹き消していった。終わる時はこんなものなのだろう。凄まじい速さで久美子の気持ちは雅夫から離れていった。雅夫の説得も、献身的ともいえる気遣いも、久美子の心にはもはや届かなかった。あとはもう、離婚届をいつ出すか、というところまで来てしまっていた。

久美子はこの自分にとっての〝けじめの旅〟を雅夫には知らせていない。今さら家に帰らぬことを雅夫に伝える必要もなかった。

身内だけのつつましい、だが、ほのぼのとした暖かい結婚式の余韻に浸りながら、雅夫と久美子は新婚旅行の旅路についていた。新婚旅行といっても、海外へ行く余裕など二人にはなかった。そこで、旅好きな雅夫の発案で「十万円を持って電車で旅をして、お金が無くなったら帰って来よう」という、風変わりな新婚旅行になった。久美子が「日本海を見たことがない」と言うので、日本海を目指すことにはしたが、あてにはならない。適当に何駅分かの切符を買い、降りたくなったらそこで下車してしまう。その度に精算をすればいい。途中、切符の確認に車掌が来た時は、雅夫が正直に事情を話した。その時も、

「それはおめでとうございます。それでしたら次の駅で降りると、温泉もあるし紅葉も綺麗でいいですよ。どうぞ良い旅を」

と教えてくれた。

その日は北志賀の渋温泉に泊まることにした。湯田中駅で降りた二人は、駅員に教えられたとおり横湯川沿いの道を上流に向かって歩いていた。この辺りまで来ると、温泉街特有の硫黄の匂いがあたりに立ち込めてくる。

「ねえ、あの川見て。綺麗な流れだけど何となく白っぽくない」

「そう言えばそんな感じがするな」

「もしかしたら温泉のお湯が混じってるのかしら」

「うん。ありえるな。そう言えば河原に石で囲った所があるけど、あれってもしかしたらお湯が湧き出してるんじゃないかな」

「ということは天然の露天風呂かしら」

「どうだろうな。でも、こういう川のせせらぎを聞きながらってのも、いいもんだな」

「そうね。あっ、あの橋が黒川橋じゃないかしら」

「そんな感じだな。確かあれを左に曲がってから、最初の角を右に行けば渋湯の温泉街って言ってたな」

車一台がやっと通れるほどの道沿いに何軒もの温泉宿が軒を連ねていた。その道を、手拭を提げ浴衣を着た人たちが何人も歩いていた。

「なあ、あの駅員さんが言ってただろ。渋温泉は旅館の内湯以外に外湯が楽しめますよって。外湯ってどういうことなのかな」

「よく分からないわね」

「うん。まあ、取り敢えず宿を探すか。そこで聞けばいいし」

「そうね。でも、予約なしで泊まれるかしら」

「大丈夫だろ。これだけ宿があるんだから一部屋くらい空いてるよ」

「そうね」

《相変わらずの楽天家だわ。でも、こんな感じなら何があっても乗り切れそう》

と思った。

宿へ入ると二人仲良く大の字になった。

「思ったよりも簡単に宿が見つかったわね」

「だから、言ったろう。大丈夫だって」

その宿は温泉街を入ってすぐの所にあった、小川屋という温泉宿だった。純和風の二階建の宿で、外から見える欄干《らんかん》に彫られた鶴の透かし彫りが粋な風情を醸し出していた。しばらくすると、仲居さんがやって来て、

「いいですねえ、新婚旅行ですって。うちには内湯もありますが、受け付けで札を貰えば、外湯が自由に入れますから」

「あのう、外湯というのはどういうものなんですか」

「渋温泉には一番湯から九番湯までありましてね。だいたい交番より一回り大きいくらいの建物の中に温泉があるんです。渋温泉に泊まっている方なら誰でも無料で温泉巡りが出来るんですよ」

「そうなんですか。それで手拭片手に通りを歩いている人が大勢いたんですね」

「ええ、渋温泉の名物ですから」

「お湯は九つでしたか？」

「ええ、全部で九つ。番外も入れれば十ありますよ。一番湯から順番に、初湯、笹の湯、綿の湯、竹の湯、松の湯、目洗の湯、七操の湯、神明滝の湯、ここは子宝の湯ですよ。そして、大湯。文字どおりの大きな湯で渋温泉自慢の名湯なんですよ。それと番外で信玄かま風呂ですね。外湯全部に入って、お祓《はら》いをしてもらうと厄除けになるんですよ」

といかにも誇らしげに教えてくれた。

「全部回れるかしら？」

「そうですね。今晩で全部を回るのはちょっと無理かもしれませんね。まあ、急がずゆっくりしていって下さい」

「どうも、ありがとうございました」

と言うと、雅夫は白い紙に包んだ心付を仲居さんに渡した。

「まあ、ありがとうございます」

「ねえ、いつそんなの用意しておいたの」

「うん、さっき」

「ふうん。気が利くわねえ」

「そうかな。それよりもこっちに来てごらん」

「なんか落ち着く雰囲気ね」

「ほんとだな」

しみじみと雅夫が言った。窓の外からは温泉の匂いとともに、下駄の音が響いていた。向かいでは土産物屋の主人が客たちに声をかけていた。その隣では、湧き出たお湯を使って温泉卵が作られている。蒸し網には「一個三十円」と書いてあるのが見える。あたりの山には横湯山温泉寺をはじめとする寺社が点在していた。かすかに聞こえる虫の音と川のせせらぎを聞きながら、二人は静かに抱き合った。久美子は一番安らげる雅夫の胸の中で、雅夫の温もりを感じながら、心の中で、
《いつまでも二人でいようね》と呟いていた。


あの日と同じ宿で、あの日と同じように、道行く人の姿と、石畳の上で鳴る下駄の音を聞きながら、久美子は大きな溜息をついた。過去を清算し新たに生きて行くスタートとし

て、これから一人で自由に生きて行く、希望を抱いて出た旅だった。それなのに、久美子の脳裏をかすめるのは過去のことばかり。今日から自由に生きて行けるのに、自由な未来を手に入れたはずなのに……。

尽きせぬ思い出に耐えかねるように久美子は一人宿を出た。そう、今は一人で。目の前を〝熟年夫婦〟が手を取り合って歩いて行く。その姿を見た瞬間、三十年前に、渋温泉をあとにする日に言った、

「なあ、俺たちがおじいちゃんおばあちゃんになった時、また二人でここへ来ないか。その時は全ての外湯へ入ろう。それを目標にやって行こう」

という雅夫の声がはっきりと甦った。

《私は失ってしまったんだわ、全てを。それも自らの手で……》

この町は久美子に一切の過去を思い出させる町だった。

《なぜ私はここへ来てしまったのだろう、なぜ、今更》

そんな思いも道行く明るい女性の声でかき消された。

「どうしたのぼんやりして、早くおいでよ」

慌てて久美子が振り返ると、

「だってそこの路地裏、雰囲気があっていい感じなのよ」

「ああ、本当だ。行ってみようか」と言うと、その夫婦は路地裏へと姿を消した。

「ねえ、見て。この脇にお湯が流れてるわ。湯気がたってるもん」

「あちっ」

「大丈夫？」

「うん。でも結構熱いぞ」

「そうなの？」

と言うと、久美子は植え込みの横にある、腰掛に座りながら楽しそうに答えた。

「でも、いい雰囲気ね。石畳と人一人がやっと通れそうな小道、連なる軒と流れる湯水に、いい女……」

「自分で言って恥ずかしくなったんだろ」

「うん」

思えばあの日もこの腰掛に座っていた。そこは何も変わっていなかった。

《私だけ変わってしまった。いや、変えてしまった。もう一度、あの人とここへ二人で来られるはずだったのに。ここは私一人で来る所ではなく、あの人と二人で来るべき所。私は失ってしまった。もう時間を戻すことは出来ないんだわ。あの新婚の時に返ることも。そして、あの人と二人で過ごせた時間も。もう戻れないんだわ……》

そう思うと、涙がとめどなく久美子の頬をつたった。胸にずしんと染み込むような、暗く重い圧迫感から逃げ出すように、久美子は一人で歩き始めた。

ゆるやかな坂道を歩いていると、下駄の音が妙に大きく聞こえる。いや、それだけではなく、普段は聞こえないような、楽しげに行き交う人の笑い声や話し声が、はっきりと久美子の耳に入ってきた。その声が耳に入るたび、

《私はもう一人なんだわ》

という思いが繰り返し湧き起こってきた。久美子は髪を掻きあげる仕草をしながら耳を押さえた。

うつむきながら歩いていた久美子が何気なく顔を上げると、そこには、四、五階はありそうな木造の大きな旅館が聳え立っていた。

「今度来る時はここに泊まろう」

「でも、ちょっと高そうよ」

「そうだな。でも、その時まで一生懸命働いて財産作ってここに来る。そういう目標も悪くないだろう」

「そうね、お互いおじいちゃん、おばあちゃんになるまでにはまだ時間がいっぱいあるからね。そうだ、その時は孫も連れて来るの。そういうのも良くない？」

「そうだな」

あの日の雅夫との会話がまざまざと思い出され、久美子は逃げるように足早にその場を去った。

《温泉に入ろう》
温泉に入れば全ての愁いが洗い流せそうな気がした。久美子が外湯の前に立つと、そこには〝八番湯　神明滝の湯〟と書かれてあった。あの日、仲居から聞いた子宝の湯だった。
二人とも子供好きであった。とはいえまだ新婚。口に出して子供のことを話すのは気恥ずかしかったが、早く子供が欲しい、とお互いに思ってはいた。
「ねえ、このお湯から入りましょう」

「お、おう。そうしようか。ちょっと恥ずかしい感じもするけど」

「いいから、ね」

「わかった。じゃあ、二十分後に」

「二十分はちょっと早くない？」

「だって、他にもいっぱいお湯があるんだよ」

「それも、そうね」

久美子が入り口の前に立っていると、
と言いながら、温泉客の夫婦が少し恥ずかしそうにうつむきながら入って行った。
「わかった」
「じゃあ、二十分後よ」
《ここは……》
久美子は今温泉から上がったような風情を装いながら、手拭で汗を拭《ふ》くふりをして涙を拭《ぬぐ》い、逃げ出すように往来へ出て行った。
思えばこの通りを一人で歩いている客は久美子だけだった。

これが久美子の選んだ現実。あの日と違い今は下駄の音が寂しく響く。《あの時はこの下駄の音が粋な感じがしてあれほど楽しかったのに。この町は変わっていない。私だけが変わってしまった。二人で歩く幸せ、二人で歩けた幸せ、手を繋げた、腕を組めた、愚痴《ぐち》も言えた、甘えることもできた……。たくさんのわがままをあの人は受け止めてくれた。たくさんの優しさを私にくれた。二人で歩けたのに、二人で……。なぜ、こんなことになってしまったの？　なぜ？　もう一人で歩いて行かなければならないのに。いや、一人で歩いて行きたい、一人で歩いて行けると思ったのに。振り向けば、いつもあの人がいてくれた……》。

そんな思いにかられていると、突然、後から肩をポンと叩かれた。久美子は瞬間的に、

「あなたっ」

と叫ぶように振り返った。しかし、そこには、驚いた様子で見知らぬ女性が一人立っていただけであった。

「あのう、手拭、落ちましたよ」

「あ……。ありがとうございます」

と久美子が言うと、その女性は優しそうな夫とともに手を繋いで去って行った。

《もう……》

ここまで、止められぬ勢いで一気に別れ話を進めてしまったが、この時、猛烈に〝後悔〟という二文字が久美子を襲った……。

久美子はまるで夢遊病者のように呆然と渋温泉を歩いていた。江戸時代の旅籠《はたご》の風情を彷彿《ほうふつ》させるかのような温泉宿の格子と、横湯川沿いの小道。軒を連ねる土産物屋と客引きの声。今まで思い出しもせず、覚えているとも思わなかった些細《ささい》な出来事が、一歩一歩、歩くたびに思い出された。久美子の心は未来ではなく、過去への思いで溢れていた。

雅夫の姿が浮かんでは消えて行く、ここは追憶の町……。

そんな思いにかられながら歩き続けていると、いつしか町の灯も届かない辺りへやって来ていた。

目の前の階段が三十年の時を超え、あの日の記憶を久美子に甦らせた。

あの日、温泉を出てほてった体を静めるように、二人で来た信玄ゆかりの横湯山温泉寺だった。階段を上り横湯川のせせらぎが聞こえる境内で、

「久美子、信玄かま風呂ってのがあるぞ」

と雅夫が言ったのを久美子は今でもはっきりと覚えていた。

「久美子」

と呼んだあの人の声が……。

久美子が階段を上がると、そこには、いるはずのない雅夫の姿が見えた。

《ここにも……》

「必ずここへ来ると思っていたよ」

《えっ》

「あ、あなた、なの？」

と言うとあとはもう言葉にならなかった。

「私は……」

「もう、いいよ。必ずここへ来ると思っていたよ。そして、久美子は来てくれた。それでもう十分だよ」

「でも、私は、全てを壊してしまった。あなただけでなく、子供まで傷つけてしまった。

一人でこの町を歩きながら、やはり、もう戻れないんだ、と。でも……」

「もう戻れないよ」

と雅夫が言うと、久美子は悲しげに雅夫の顔を見上げた。

「でも、もう一度乗り換えることは出来るよ」

「乗り換える?」

「そう。新婚旅行の時、何度も乗り換えをしただろう。それと同じ。また二人で次の電車に乗り換えて、新しくやり直せばいいんだよ」

くしゃくしゃになった顔で、

「はい……」

と言って小さくうなずいた久美子を、雅夫はそっと抱き寄せた。慣れ親しんだ、とても懐かしい胸、この温もり……。


「なあ、久美子、さっき厄除けのお祓いを受けている間、ずっと目を閉じていただろう。何を考えてたんだい?」

「あの時ですか。そうですね。それは……」

と言うと、一瞬、遠くを見るような目をして、

「〝孫たち〟のことですよ」

と囁くように言った。

この日もまた、あの日と同じように、横湯川のせせらぎが境内に響いていた……。

本書が成るにあたり、出版の機会を与えて下さった、文芸社の旅川広毅・山下裕二両氏、幼い頃から支え続けてくれた橋本ヒサノ・和子両氏、加藤佳子氏、蜂屋アヤノ・君子両氏、坂本茂代氏、大浪恵美子氏、多大な御支援をいただいている武内きくい氏を始めとする、ここには書き尽くせない、たくさんの人々のお力添えをいただきました。深謝申し上げます。

そして、何よりも、後藤芳郎・ノリエ両氏に心より感謝と御礼を申し上げたいと思います。

ありがとう。

著者プロフィール
**武藤 竜也**（むとう たつや）

1967年1月　東京都八王子市に生まれる。
宮城県多賀城高等学校卒業後、法政大学を経て法政大学大学院に進む。
現在、通信制サポート校東京自由学園、トーマス池袋校などで教鞭を執る傍ら、金春流の能楽団体「座・SQUARE」の主宰者高橋忍師に師事している。

時の彼方の

2002年9月15日　初版第1刷発行

著　者　武藤 竜也
発行者　瓜谷 綱延
発行所　株式会社 文芸社
〒160-0022　東京都新宿区新宿1-10-1
電話 03-5369-3060（編集）
03-5369-2299（販売）
振替 00190-8-728265

印刷所　株式会社 平河工業社


ISBN 4-8355-4342-4 C0093